江苏省十三五重点建设学科
宿迁学院中国语言文学学科建设项目经费资助

跨度新美文书系
Kuadu Prose Series

让人性
明亮
丰盈

丁辉 著

中国文史出版社

寸步斋记（自序）

周作人《饭后随笔》里讲到明清两朝有俗语：起个号，刻部稿，讨个小。读书人稍自觉有点出息，便赶紧要来这个"三部曲"，真是"雅得一塌糊涂"。

我未曾"出息"，想以后也出息无望，于此"三雅"却未能全免。"寸步斋主"的"雅号"伴我近二十年矣。寸步者，致慨于半生蹭蹬，取"寸步难行"之意也。

然而说来惭愧，有好多年，"寸步斋"只是一无处"落实"的空洞语词。直至2007年岁次丁亥，倾尽所有，复告债、按揭，在三十八岁上，我算是终于有了自己名下的第一份"不动产"，举家搬出学校的单身宿舍，"寸步斋"三字方得"落而为实"——斋主流离半生，终于拥有属于自己的书房了，老杜"却看妻子愁何在，漫卷诗书喜欲狂"两句或可写照彼时心情。未曾想其后，屡蒙改革红利润及，居处又凡三徙，"寸步斋"又随我在这个城市"漂流"，现落地为蕞尔小城，古黄河畔，一准高档小区之某栋六楼，一三居室内。

"寸步"二字，屡被有望文之习者意会为"蜗居逼仄"，虽属误会，却也歪打正着。寸步斋虽不至"仅可容膝"，却也实在够得上一

"小"字。我羡慕诸友中书房至大者，可坐，可卧，可欠伸，可信步；而寸步斋中若也置一榻，则那把椅子便无法区处，只好站着写字矣。如此，就只能自我解嘲：书房大小与读书写作的出产，往往不成正比例，如梁实秋先生所言，"有好多著名作品是在监狱里写的"哩。我不惭愧书房之小，却惭愧读书写作产出之低，故目下还正在努力。

周作人《书房一角》里曾讲，自己的书斋不可给人家轻易看到，因为那是危险的事，危险之一在于被人"看出了心思"，危险之二在于被人"掂出了斤两"。然作人先生自己在北京的书房"苦雨斋"不仅是他读书写作之所，同时也用作延客品茗，似乎并不怕人看。我庋藏之书多书市上大路货，没什么足可夸人的善本珍籍，却也并无"被人掂出斤两"之虞。交游极窄，聊胜于无。偶有客来，也直奔饭店，花不明不白的冤枉钱，赞助本市餐饮事业。家门尚且不进，何况书房！

我在拙著《爱是难的》的自序里有言，"在生活中我只是一些碎片，阅读和写作就是我的语言疗伤"。如此，则寸步斋实我疗伤之所也。人在体制，犹人在江湖，指指点点，喊喊喳喳，破事烂事，张爱玲所谓"咬啮性的小烦恼"，无日无之。然只需斋门一闭，一卷在手，便足"与天地精神相往来"，人活于世的诸般残缺与亏欠，皆毛毛雨矣，破事烂事，复于我何有哉！明人于谦有句状读书之乐："眼前直下三千字，胸次全无一点尘。"处此俗世，欲不染尘气，难极；但最起码，在寸步斋不足十平之内，我觉得还是可能的。

自小有本族先辈便视我为"没用人"，当年我还不服气，现在只好佩服该先辈的"三岁看老"。虽学历在本乡最高，却迄今不仅未能"混个师长旅长的干干"，以光耀先祖；且也未能在这个"向钱看，向厚赚"的时代赚个坑满谷满，以分润乡里，非天地间"没用人"而何?!

非唯没用，亦且情商极低。落落寡合，每见生人、官人便无所措辞，浑身不自在，手脚亦无所措置。人皆向外而活，攻城拔地，天地开阔；我却一步步从差不多所有公共生活中撤退——寸步斋，又实我遁逃之所也。只有在斋中拥书，或读，或写，或吟啸而效晋人之驴叫，或趺坐而学高士之禅修，事事皆由得我，便觉生命之大自由、大自在、大痛快!

常被问及"你为什么要写作"，也常就此放言高论，云里雾里。其实，真实原因毋宁是，自承没其他本事，便端赖此以证自我价值。于书斋内驱遣文字，如撒豆成兵；营局谋篇，如排兵布阵。运筹帷幄，虽未能决胜千里；每成一文，却难免顾盼自雄——寸步斋，又实我为将、为王之所也。

目　　录

第　一　辑

第 一 辑

名臣心事

古来名臣率皆忠臣，忠贞不贰素为名臣之体。但有清一代，情况似乎颇有不同。清代名臣多非效愚忠于清室者。

曾国藩为有清一代所谓中兴名臣，咸、同间，外有列强虎视，内有粤匪（太平天国）滋蔓，清室于命悬一线之际幸获转机，苟延社稷五十余年，多赖曾氏挽狂澜于既倒，可谓厥功甚伟；然观其《讨粤匪檄》，一则曰"粤匪自处于安富尊荣，而视我两湖三江被胁之人，曾犬豕牛马之不若"，再则曰"举中国数千年礼义人伦诗书典则，一旦扫地荡尽"，兹兹以"保教安民"为念，竟决口不提君父忧心，社稷危殆（王闿运曾阻曾氏将此檄文"进呈御览"，或以此）。黄濬《花随人圣庵摭忆》谓曾、左辈皆目击清政大坏，吏贪民困，宫闱昏暗，初不意能救其亡也，他们的初衷皆非为清室而战，为自卫（卫教、卫土、卫家、卫民）而战也。

清室以东北一关外部落入主中夏，于汉臣不能无彼我之见，有清一代对于汉臣之猜忌，亦势使然；从汉臣这一方面来说，夷夏之防，本为儒者"功课"。据刘成禺《世载堂杂忆》，一代名儒如桐城派古文家梅曾亮、写《艺舟双楫》的包世臣，乃至魏源，皆曾寄食

3

于太平天国侍王李世贤府中，谈宴悠游，乐不思蜀，了不以"附逆"为耻。盖"发逆""辫妖"在他们眼中，原本半斤八两，大哥不说二哥。况从血统论，"发逆"实我同胞，"你大清"是"你大清"，与我何亲？曾、左、胡、彭诸人书生本色或有浅深，然皆为儒将盖无疑义，梅、包、魏诸人的儒者心曲安知不也是曾、左、胡、彭的名臣心事？非我族类，其心叵测，曾国藩一生临深履薄，畏祸之心，未尝稍懈。位极人臣，而自奉甚薄。家书中屡以"持盈保泰"劝勉诸弟、子侄。曾氏死后五年，其子曾纪鸿即因为家人病重，无钱医治，不得不举债多方。以中兴元老之子，而不免于饥困，固可见曾文正公之清与廉，其实亦是其谨与慎也。

曾国藩的湖南同乡王闿运是晚清的经学大师，然其平生最自负的却是所谓"帝王之学"，唐浩明先生这么解释王氏的"帝王学"：

> 其中最重要的内容有帝王如何驾驭臣下，权臣如何挟帝王以令群僚，野心家如何窥伺方向，选择有利时机，网罗亲信，笼络人心，从帝王手中夺取最高权力，自己做九五之尊。

咸丰十年，曾国藩以兵部尚书衔署理两江总督，集苏、皖、赣三省军政大权于一手，王闿运认为自己的"帝王学"有了用武之地，于盛夏酷暑风尘仆仆赶往安徽祁门，其时湘军大营所在地。据曾国藩日记，接下来的数个月，王氏与曾氏有十四次密谈。王氏晚年对密谈内容已不再忌讳，曾坦言于自己的弟子，杨度之弟杨钧，自己曾向曾氏进言：

> 大帅功高望重，将士用命，何不乘机夺取江山，自己
> 做皇帝，何苦白白替别人出力？

后者坐在书案前，一边听他讲话，一边用笔写着东西。中途，曾国藩有事出去了一下。王闿运起身走到案桌前，看曾大帅到底写些什么，结果是满纸的"妄"字和"谬"字。黄濬《花随人圣庵摭忆》据此所言则更为生动：

> 王壬秋（闿运字壬秋）……尝劝曾文正革清命，两人促膝密谈，及王去，曾之材官入视，满案皆以指蘸茶书一"妄"字。

曾国藩日记对密谈内容自然是讳莫如深，但依然有蛛丝马迹可寻，曾氏日记咸丰十年七月十六日下有云：

> 傍夕与王壬秋久谈，夜不成寐。

若谈的只是寻常军政，何致令曾文正公辗转难眠？即使壬秋先生有所"妄"言，听者若未曾心动，又何致夜不成寐？

　　这里不妨提一下后话。王闿运一直活到清室逊位，民国肇造。袁世凯当国，征王为国史馆长，王慨然允。有意思的是，竟有陋儒出面阻之曰：

> 公以八三高年复为民国官吏，似不值得。

5

此语显然是欲以清朝遗老期于王氏。王氏固非忠于清室者，此真不知闰运者也，亦陋儒之所以为陋也。

按曾国藩所以拒绝王闰运"取清帝而代之"的建议，并非是出于君臣名分一类的道义上的考虑（否则"以指蘸茶"所书就该是"逆"字，而非"妄"字了），而是前文所谓"畏祸"。揣其所以"畏祸"之由，盖有二端。其一，历史上以封疆大吏身份奋起"革命"，固代不绝书，然罕有成功者，远有韩信、徐敬业、李磷、朱宸濠，晚近则有清初吴三桂，皆以之身败名裂，可为殷鉴；其二，曾氏思想中本有信命数的倾向，家书中曾反复言及。清室固岌岌可危，然气数未尽。天数在彼，非人力可以夺之矣。套用梁启超评李鸿章的话，曾国藩亦时势所造之英雄，而非造时势之英雄也。设若曾氏晚生三十年，未必不是蔡元培一流以"排满"为职志的革命党人，尚有疑乎？

以下诸人诸事正可与曾文正心事互相发明。与曾氏同为大清中兴柱石的左宗棠竟曾径入"贼巢"，向"贼首"洪秀全进言献策，惜秀全不能用，左氏缒城逃去。此事见于日人所著之《清史》，初听似不经之谈，然范文澜《中国近代史》及简又文《太平天国全史》于此皆言之凿凿。曾国藩的晚辈李鸿章同、光间执大清权柄数十年。李于直隶总督任上时，英国人戈登曾对其言：

> 中国今日如此情形，终不可以立于往后之世界。除非君自取之，握全权以大加整顿耳。君如有意，仆当执鞭效犬马之劳。

李鸿章听后"瞿然改容，舌矫而不能言"。庚子义和团事起，李鸿章时为两广总督，幕中有欲李氏"拥两广自立，为亚细亚洲开一新政体"之议（梁启超《李鸿章传》）。

明清鼎革之际曾激荡士人心魂，演成诸多可歌可泣故事的"夷夏"之辨，经康、雍两朝高压与怀柔并用，到乾隆年间，算是暂时消歇了。然咸、同以降，随着清室走向衰颓，"非我族类，其心必异"的民族情绪又开始在士人心中潜滋暗长。这种在心中发酵的情绪，虽多未见诸行动，却作为历史的另外诸种可能性，引动我们后人浮想。辛亥一役，各地督抚纷纷宣布独立，于"我大清"竟了无眷恋，正无足怪。从这一点上说，此种情绪又是推动历史发展的隐在力量。

书生留得一分狂

1917 年 3 月，从美国回国前夕，胡适在日记里记下《荷马史诗·伊利亚特》里的一句话："You shall know the difference now that we are back again。"胡适自己把这句话翻译为："如今我们已回来，你们请看分晓吧。"同年 7 月，胡适和章太炎一起在少年中国学会演讲，又引用了这句话。You shall know the difference now that we are back again，少年意气，指斥当路，那份以中国文化的未来自任的自负甚至"狂妄"，颇有一种"舍我其谁"的气概的。

后来，胡适的名望日高，社交场合待人接物，往往给人"谦谦君子，温润如玉"的印象，所谓"做学问要于不疑处有疑，待人要于有疑处不疑"（胡适语），这样的谦和与宽容自然可以是真的，自然也可能是社交场上的虚应场面，未必都是本真性情的流露。也许胡适于私人性场合方偶一露峥嵘头角的自负，才是真实的胡适也说不定。

胡适终身看不起的人中有哲学家冯友兰，曾曰"天下蠢人无出芝生其右者"。1961 年胡适和钱思亮聊天，谈到大陆许多朋友的近况，对冯友兰的评价可谓苛刻：

　　　　冯友兰在那边认过一百三十次的错，自己承认是无可
　　救药的资产阶级。他本来是一个会打算的人，在北平买了
　　不少房地产。1950 年在檀香山买了三个很大的冰箱带回去，
　　冰箱里都装满东西，带到大陆去做买卖，预备大赚一笔的。
　　他平日留起长胡子，也是不肯花剃胡子的钱。

胡适在私人性的场合，每喜戏谑，说冯友兰留长胡子，是"不肯花剃胡子的钱"，该是不能当真的戏谑吧。胡适五十年代在美国不止一次地以"戏谑"的方式谈及马寅初："马寅初每天晚上一个冷水澡，没有女人是过不了日子的。"戏谑中自然有偏狭，但自然也不无自负的。

　　对于一代史学巨子陈寅恪，胡适竟亦有不以为意之意，曾曰"陈寅恪就是记性好"。陈寅恪先生"国学根基之深厚，中古史实制度考订之精辟，诗文与社会史相互阐发之清新深广"可谓世罕其匹，胡适竟以"记性好"三字轻轻带过，胡适内心之自负可见。

　　何炳棣先生的《读史阅世六十年》记有一件事，这件事让何先生得以近距离地观察到胡适自负与谦和的一体两面。1958 年 12 月何炳棣在胡适的台湾南港寓所做客六日。有一天上午，有人以名片求见，胡适一看名片上的名字，相当生气地流露出对此人的不屑与不满，但想了一想，还是决定接见。正准备出门办事的何炳棣走到院子里便听到胡适大声地招呼那人："这好几个月都没听到你的动静，你是不是又在搞什么新把戏？"紧随着就是双方带说带笑地交谈的声音。这岂不是"人前一套背后一套"的虚伪？然而亲身经历此事的何炳棣感到的却是英美绅士风度的精蕴，"给人留余步，尽量不给人看一张生气的脸"，其涵养之功未可一概以"虚伪"目之的吧。

据说胡适在北大讲课，讲到孔子怎么说就在黑板上写"孔说"；讲到孟子怎么说就在黑板上写"孟说"；讲到自己怎么说的时候，就在黑板上写"胡说"，引得哄堂大笑。细细品味这个掌故，其中竟也是"自负"与"自谦"兼而有之的况味，让人想到梁启超所说的"启超没什么学问，但也还是有一点的啦"，"为个人争自由，就是在为国家争自由；为个人争人格，就是在为国家争人格，自由民主的国家不是靠一群奴才能够建立得起来的"，"菩提达摩东来，只要寻一个不受人惑的人。我这里千言万语，也只是要教人一个不受人惑的方法。……我自己决不想牵着谁的鼻子走。我只希望尽我的微薄的能力，教我的少年朋友们学一点防身的本领，努力做一个不受人惑的人"……鲁迅的"深刻"常走偏锋，"胡说"却以"常识"的书写至今依然走在我们时代的前面，等待我们奋力追赶。仅此一点，胡适也是有资格自负一番的吧。

有道是"书生留得一分狂"。刘梦溪先生在《读书》杂志上撰《中国文化的狂者精神及其消退》，梳理"狂者精神"的谱系，立意在于——

> 希望我们的作家和知识分子保留"一分"可爱的狂气……如果不是一分，而是三分、五分乃至更多，也许就不那么合乎分际了。但如果连这"一分"也没有，作家和知识分子的义涵可能就要打折扣。

从这个意义上讲，如果没有了这"一分"狂气，一体通透的谦逊与宽厚的胡适反有可能让人觉得颇为丧气的吧。

郁达夫的"心魔"

1933 年郁达夫动念与王映霞定居杭州的时候，鲁迅即有一首七律《阻郁达夫移家杭州》：

> 钱王登假仍如在，伍相随波不可寻。
> 平楚日和憎健翮，小山香满蔽高岑。
> 坟坛冷落将军岳，梅鹤凄凉处士林。
> 何似举家游旷远，风波浩荡足行吟。

虽说是所谓"上有天堂，下有苏杭"，可鲁迅对老家省城却一直不感冒，竟至认为即使过漂泊无定的生活，也强过安家杭州（"何似举家游旷远，风波浩荡足行吟"）。观此诗第二联"平楚日和憎健翮，小山香满蔽高岑"，表面上自然是说杭州适足是一个消磨人的意志的地方，然也许是我的事后之明的作用吧，我总觉得鲁迅对郁、王之间的结局早有不祥预感——杭州的风和日丽、水秀山明固是容易消磨郁达夫的意志，杭州的歌舞繁华、温柔富贵中难免富含的诱惑种种又岂是王映霞这样的名媛所堪承负，所能抵拒！

我相信王映霞后来的"红杏出墙"必不会让郁达夫的众多朋友感到意外。郁达夫与王映霞没有夫妻相，作为余杭第一美女的王映霞美丽而健壮，而达夫先生颧高，眼小，清癯，瘦弱。一方丰盈健旺，另一方蒲柳弱质，可谓恰成对照。作为好朋友的曹聚仁算是看得比较准的：

> 郁达夫身体一直不好，尽管激情澎湃，但玩的多半是精神体操，无法与美女打持久战。打井人胃口小，怨不得井水要四溢了。

且两人在性格和行为习惯上，一内向，一外向，一保守，一开放，不合拍处多矣。

时间大约是在 1938 年，其时郁达夫、王映霞为避战乱暂居汉口德明旅馆。郁达夫随文协慰问团赴台儿庄劳军后返家，刚进门，便看见王映霞仓促间把几张信纸揉成团塞到痰盂里，达夫也老实不客气地从痰盂里把信捞了出来，摊开来看。达夫据此认定拿到了王映霞和许绍棣（时任浙江省教育厅长）"奸情"的铁证，于是闹开。王映霞负气出走。

到此为止，"理"似乎是在郁达夫一边，他是当然的"受害者"；然而，郁达夫此后的一系列行为，让他的朋友们也无法同情他了。

达夫先是在汉口《大公报》刊发"寻人启事"，摆出一副决计把此事闹到胡天胡地的地步的架势。开头"乱世男女离合，本属寻常"尚存体统，至言"汝与某君之关系及携去之金银细软款项契据"，已是丝毫未顾及映霞颜面，竟视之为"逃妇"矣。据说，其

12

时郁达夫每与友人饭，醉后便以手自指其鼻，说"我是乌龟，我是乌龟！"曹聚仁曾当面规劝："床上夫妻，床下君子。夫妻是朋友，不为已甚。"以夫妻关系比之朋友，君子绝交，不出恶声，不可做太出格的事。可惜郁达夫听不进去。1939 年 3 月，郁达夫在香港的《大风》旬刊发表《毁家诗纪》，内收达夫所作诗十四首、词一首，诗及诗后小注细述王映霞、许绍棣"情事"，最后一首《贺新郎》词，甚至道出"纵齐倾钱塘江水，奇羞难洗，欲返江东无面目，曳尾途中当死"的不堪词句，可谓斯文与体面荡然。

郁达夫的一系列行为充分暴露了他的他虐狂与自卑感，使得一本可体面解决的家庭纠纷竟至闹到满城风雨，成为当之无愧抗战时期最大的花边新闻。据说此事甚至惊动了远在重庆的蒋"委员长"，老头子一气之下，叫陈果夫转告许绍棣，不许他再和王映霞搞"桃色关系"。

郁达夫是五四浪漫抒情派小说的集大成者，然若循"文如其人"的老生常谈，遂认郁达夫为浪漫洒脱之人，则误会大矣。达夫为人属忠厚笃实一路，创造社诸人中唯他与鲁迅保持了长期的良好关系，岂是偶然！真正浪漫的人，必能看得破，物来则应，过去不留。而达夫偏偏是最看不破的人——拿是拿得起，放却放不下，宜其创深痛巨也。

郁达夫每以"乌龟"自指。达夫诚然"乌龟"无疑，然若深究，谁让达夫成了乌龟？王映霞乎？许绍棣乎？吾意皆非也。王映霞与许绍棣的事即使属实（这种事情如何坐实！），郁达夫也不一定就非做乌龟不可。稍早有徐志摩与陆小曼情事，而我们似乎没有谁说王赓是乌龟。王赓以洒脱和自信，成功地护卫了自己的体面与自尊。说到底，所谓"做乌龟""戴绿帽"云云，只是男人的心魔而已，破得了这个心魔，乌龟、绿帽，于我何有哉？

比郁达夫更能说明问题的例子，我所知道的有香港导演刘家昌。二十世纪六十年代，刘家昌召开记者会，抱着四岁的儿子当众大哭，说导演李翰祥与他夫人江青有染，让他当了王八。后李翰祥托李敖转告刘家昌，说自己和他夫人江青是清白的，自己不会破坏别人家庭云云。李敖找到刘说了半天，刘亦似有所悟，但是最后大声说：

　　但是，敖之（李敖字），我不是王八，这怎么成？我已经招待记者，当众宣布我是王八了！

像家昌导演这样的人，即使老婆不偷人，他就不是乌龟了吗？你不让他当乌龟，他还不答应呢。

谁让郁达夫做了乌龟？达夫自己也。男人做不做乌龟，与别人无关，甚至与"奸夫淫妇"无涉，在自不在他也。达夫先生需反思处多矣。

林则徐的"软肋"和琦善的"超人"

民国二十七年（1938），蒋廷黻卸任驻苏大使，于行政院政务处的职掌尚未恢复，遂得数月安逸，"闲"居武汉，著成《中国近代史》一书。

黄仁宇曾言治史须"放宽历史的视界"，蒋氏此书当得此语。开篇"剿夷与抚夷"一章有言：

> 在鸦片战争以前，我们不肯给外国平等待遇；在以后，
> 他们不肯给我们平等待遇。

言外之意，呼之欲出：西方列强所以后来不肯给我们平等待遇，溯其远因，正是由于我们早先不愿意给他们平等待遇。乾隆皇帝在承德避暑山庄倨见英国使臣的朗声言辞已然埋下了半个多世纪后大清走向衰亡最初的种子。道、咸以降之被动挨打，若放宽历史的视界看，我们实有以自取。虚骄自大，为祸社稷，有甚于恋生怕死者。

蒋氏论林则徐，尤中肯綮。有两个林则徐：一个是士大夫眼中之林则徐，一个是真实的林则徐。士大夫眼中的林则徐是百战百胜

15

的，且皆用中国古法，洋人闻林之名而丧胆，惜奸臣误国，琦善收受英人贿赂，致林去职，局面遂不可收拾云云。此种虚骄的滥调，我们的近代史书写竟一度奉若圭臬。一叹。

真实的林则徐其时已经觉悟，我方军器、实力皆远逊于西。他竭力买外国炮、外国船，且派人翻译外国刊物。他在广东搜集到的大量资料，后来都给了魏默深（源），魏氏据之撰成《海国图志》。因此，说林则徐是"近代中国睁眼看世界第一人"，并不为过；但林则徐的软肋是顾惜自己的"士林清誉"，惧怕"清议"的指摘，终无勇气登高一呼，醒世人而图振作。其"苟利国家生死以，岂因祸福避趋之"一联，万众宗仰，惜他意中尚有高过生死，从而也高过国家的东西在，那就是一己之后世声名。呜呼，以林公一时人望，尚以为自己的名誉比国事重要，他人可无论！

若言林则徐是近代中国"睁眼看世界第一人"，琦善则可谓近代中国"努力外交"之第一人。这一点当然亦需放宽历史的视界，用长时间、远距离、宽视界的方法检讨历史，方可以发现并确认。琦善之"奸臣误国"，受英人贿赂而撤防、主和以致败，不独鸦片战争初息便为朝野共认，且主导了之后百余年的主流"历史"。至今犹记得高中历史课上讲到鸦片战争时，刘学祝师笑骂琦善的痛恨加鄙夷的表情。其实，琦善之种种罪状纯出朝中"清议"的构陷，蒋氏此书为琦善辩诬，考之甚详，兹不赘。琦善作为林则徐的继任，对中英之战，诚然是悲观的，但这悲观非但不是他的罪，反而是他的"超人"处。他知道中国不能战，故努力于外交。蒋氏说：

> 琦善与鸦片战争的关系，军事方面，无可称赞，亦无可责备。在外交方面，他实在是远超时人，因为他审察中

外强弱的形势和权衡利害的轻重，远在时人之上。

宋以降，主战、主和的正常的朝议之争，由于受制于泛道德主义思维，遂有了忠奸顺逆的道德色彩。主战即为忠臣，主和即为奸逆。其实，主战多意气、空谈，主和未尝没有理性的考量。毕竟战争的发动与否（"打"还是"不打"）不可凭意气——不管这意气有多么的高尚，而应凭对战争双方形势的审察及对战争的成本与收益的核算。1841 年十二月，琦善主持与英人签订的《穿鼻草约》，一直被作为琦善"媚外"的证据；这里无须过于"放宽视界"，只需与一年后的"城下之盟"《南京条约》相较，不难发现，若依琦善的路径，损失本可以小得多！《穿》约虽割了香港，但比之《南》约的完全割香港，《穿》约尚保留了清政府在港设海关收税的权利；《穿》约议定的赔款是六百万两白银，《南》约增至两千一百万两；《穿》约维持"广州一口通商"的现状，《南》约则是五口通商。蒋氏认为"《穿鼻草约》是琦善外交的大胜利"可谓难得的公允。

主导朝议的"奸臣误国"的论调背后是"不认输""不服输"的虚骄之气；不认输，不服输，当然也就谈不上知不足而谋自强。晚清的自强运动非始自鸦片战争受挫于英，而是始自二十年后第二次鸦片战争受挫于英、法，所以蒋氏认为"虚骄自大"使得民族白白"丧失了二十年的光阴"。

蒋氏此书的一大缺憾，可能就是对中山先生颂扬过甚，反失其真。历史书写受意识形态左右，本是中国国情；况蒋氏以民国政府高官的身份书史，于"国父"多所揄扬，我想也是未可深责的吧。

说南说北

　　上海人是不是如传说的那样看不起我们苏北人，我不得而知；但苏北人看不起上海人，我却自小就耳濡目染。我们苏北那块儿直到二十世纪八十年代，我已经能记事的时候，夫妻两口子睡觉仍不睡一头——北方话叫"打通腿"（后来自然风气渐开，但那已经是八十年代后期以后的事情了），所以正经人家夫妻的床上，总是一头一个枕头。如果哪家床上，两个枕头并排放一头，传出去就是难听的黄色笑话。村里有个婶子在上海有亲戚，到上海过了一阵，回来后就要和自己男人睡一头，结果是被男人一顿暴揍："我叫你不去，你要去。这才去几天，就跟上海人学坏了！"

　　我后来有点明白，老家夫妻"打通腿"，背后的真实原因，有可能是穷。因为穷，置办不起稍微大点、宽点的婚床。床太窄，睡一头，挤得慌！何况，夫妻"通腿"即使是不能触碰之"经"，偶尔恐也难免被"从权"——即使是在地里产不了多少粮食的饿肚的年月，在老家乡下，人本身的"生产"却未曾懈怠过。家家儿女虽破衣烂衫，却往往成群结队，是当年一道乡间风景。

　　我们北人最津津乐道的话题还有作为南人代表的上海男人之

18

"小"：细皮嫩肉，细声细气，听女人话。岂不闻"女人当家，墙倒屋塌"乎！更为要不得的是，上海男人竟然会做饭，这一点，尤其让我们北人看不上。

二十世纪初，有一回我"流落"到上海一所大学的研究生宿舍里。听说我是苏北人，一个高大、秀气的上海本地男生跟我讲：你们那儿我去过，女人是不上桌子吃饭的。一句话噎得我半天说不出话。可不是嘛，我们那儿何止是男人不做饭，不和老婆睡一头，家里来了客人，女人还不能上桌子吃饭呢！这就是我们北人所谓礼数，所谓体统。

我渐渐地明白，苏北人之卑视上海人，乃至北人之卑视南人的地方，恰恰是上海人胜过我们苏北人，扩而言之，南人胜过我们北人的地方。我猜想，越是文明程度比较高的地方，男人越不会把所谓"体统""礼数"，还有自己的"男人"身份本身当回事的吧。

十多年前，我在湖南读研。有一回，和几个北方同学结伴坐火车回家过年。车过河南濮阳，因为座位之争，我被几个濮阳当地人包围。眼看要吃眼前亏，我用眼色向几个北方同学求援。而他们有的闭上眼睛假寐，有的把眼睛望向窗外。幸亏这个时候乘警过来为我解了围。在余下的求学岁月里，我一直与这几个同学保持距离。平时喝酒吃肉，称兄道弟，关键时候怎就指望不上了呢！何况，你们是来自秦叔宝、宋公明的故乡啊！

误我的自然不仅是《说唐》《水浒》这些旧小说，还有"南北文化的分野"那一套"知识话语"。核心表述为：北方多山，故北方文化偏厚重而强悍；南方多水，故南方文化偏柔媚而灵秀。我常怀疑发展并总结出这一套知识话语的是北人——看起来不偏不倚，其实扬"北"而抑"南"之意昭然。

然此种"知识"揆诸事实，或竟为子虚；即使曾经有效，恐也是那老八辈子的事情了。明清鼎革之际，除了"男降女不降"和"生降死不降"诸话头外，其实还有让我们北人颜面委地的"北降南不降"。顺治初，多尔衮、多铎的铁骑从北京往南打，直隶、河南、山西、山东，北方官军固是或逃或降，北地民众亦是帖然以从，望风而服，清兵几没有遭遇什么像样的抵抗；然从进入江南开始，多尔衮等开始领略汉家文明的不屈与坚韧的一面。其实那时明朝官军已然绝迹，对清军进行殊死抵抗的多是南方普通士民。尤其是江阴、嘉定等地，其抵抗之惨烈、壮阔，可说二千年来，无有其匹！江阴守卫战持续近三个月，消灭清军七万有奇，清廷调动二十万大军方得城破。江阴军民十七万余人悉数战死，无一降者。我最初从江阴本土作家夏坚勇的作品中了解到这一段史料，甚至来不及感佩，我首先感到的是讶异和震惊。这里用得上张承志《心灵史》里的一句话："在以苟存为本色的中国人中，我居然闯进了一个牺牲者的集团！"

怎么回事？不是说北风剽悍，南风柔弱吗？不是说"燕赵古多慷慨悲歌之士"吗？不是"该出手时就出手"吗？历史事实再次无情颠覆了我们关于"南北文化分际"的固有想象！

还是鲁迅先生看得准啊！1934年1月30日，文坛上的京、海派之争已近尾声之时，鲁迅写了《"京派"与"海派"》一文，于更多地批评了京派的同时，偏袒海派之意呼之欲出。就在写出《"京派"与"海派"》的同一天，深觉意犹未尽的鲁迅又写了《北人与南人》，他说：

北人的卑视南人，已经是一种传统。这也并非因为风俗习惯的不同，我想，那大原因，是在历来的侵入者多从北方来，先征服中国之北部，又携了北人南征，所以南人在北人眼中，也是被征服者。……（南人）最后投降（其实南人尚多至死不降者——引者注），从这边说，是矢尽援绝，这才罢战的南方之强；从那边说，却是不识顺逆，久梗王师的贼。

可以相信，熟悉《明季北略》《明季南略》等史籍的鲁迅，写下这段话时，脑中浮现的必是明季那段血肉横飞的历史。鲁迅以南人而居北地凡十四年（1912—1926），对"北人的卑视南人"该是感同身受，且每每发一丝"鲁迅式"的冷笑的吧。

历史学者、作家李洁非关于明季的"北降南不降"给出一种解释，他的意思是，东晋以来，随着北地一再被异族占领，文化中心数次南移。北地与异族混居、混血，文化的质地早已掺入杂质，难保纯粹。北方人与异族的文化价值冲突不如南方人那么激烈，就可以理解了。

而我想，"北人之卑视南人"还有另外一个历史的原因，写出来或可与鲁迅、李洁非之论鼎足而三。南方，尤其是东南，固是较早地发展出工商业文明的萌芽，起码自南宋以降，成为朝廷的财赋所出之地，承担了支撑王朝运转的大部分财赋负担；但历史上帝国的都城却多在北方。天子脚下的独特地理位置强化了文化上的优越感，充满"铜臭气"的工商业文明方兴的南方被以正统的农业文明自矜的北方视为"异端"就是可以理解的事情了。

最后，作一申明，笔者本人亦为北人。不管是以长江，还是淮河为界，我都是道道地地北人一枚。本文不过是以一个北人的身份，对由来已久的"北人之卑视南人"略致检讨。其实，我真正想说的是，南方北方，南人北人，皆不可一概而论。"南人之卑视北人"，不知果有乎？若有，当然也要检讨。但那样的文章我想自然应该由南人来做了。

木兰"停机"

　　带师范生到中学里听课，常有意想不到的收获。那天听本市语文名师王广凤老师讲《木兰诗》，讲到诗的第一段"唧唧复唧唧，木兰当户织，不闻机杼声，唯闻女叹息"，广凤老师用"木兰停机叹息"概括此段段意。王老师话音未落，课室里已是稀稀落落的笑声。等到王老师问"张亮同学，你说说木兰为什么停机"，就有调皮的男生在下面代张亮回答"木兰没有交话费"，于是满座哄堂。

　　广凤老师当然不是故意玩噱头哗众取宠，而况用"停机叹息"概括首段段意，很恰切；"停机"一词且很古雅。关于"停机"最广为人知的故典当是范晔《后汉书·列女传》记乐羊子妻"训夫"事。羊子出外求学，一年即返家，妻问其故，羊子答以"久行怀思"，妻其时正在织布，乃停机"引刀趋机"，接下来羊子妻对羊子说的一番话，由于《乐羊子妻》长期入选中学语文课本，在中国曾孺子能诵：

　　　　此织生自蚕茧，成于机杼，一丝而累，以至于寸，累寸不已，遂成丈匹。今若断斯织也，则捐失成功，稽废时

23

月。夫子积学，当日知其所亡，以就懿德。若中道而归，
何异断斯织乎？

又早范晔五百多年有西汉韩婴《韩诗外传》记"孟母教子"事：孟子少时读书，经常因为贪玩分心，其母引刀裂断其织，以此戒之。孟子从此勤学不息，遂成大儒。比韩婴稍后的西汉刘向《列女传》亦载此事，稍有出入，而大抵不差。宋人编就的《三字经》中"昔孟母，择邻处，子不学，断机杼"，说的就是孟母三迁和断织教子的故事。

后来，"停机""断织"便一直作为女子贤淑美德的代称而存在于古汉语中。曹雪芹《红楼梦》第五回十二钗正册判词"可叹停机德，堪怜咏絮才。玉带林中挂，金簪雪里埋"，"停机德"一句正以乐羊子妻和孟母喻薛宝钗，赞其贤良淑德。

老实说，我对上述羊子妻"训夫"和孟母"教子"两事都有点不喜欢。羊子妻病在太过正经，有股道学气。有这样的贤妻固是家门之幸，然夫妻生活成了道德旅行，了无生趣，反正我是万万不敢领受。羊子后来一心求学，"七年不返"，空房之内的羊子妻是否也有过"悔教夫婿觅封侯"的闺中独语？孟母其实是思想通达之人，小孩子贪贪玩儿走走神，就煞有介事地引刀断织以戒之，我一直怀疑是后人附会唬小孩子用的，和"囊萤照读""凿壁偷光"等正是一类。此类伎俩几千年来盛行不衰恐正是中国教育的病源之一端。鲁迅说：

每天要捉一袋照得见四号铅字的萤火虫，那岂是一件容易事？但这还只是不容易罢了，倘去凿壁，事情就更糟，

无论在哪里，至少是挨一顿骂之后，立刻由爸爸妈妈赔礼，雇人去修好。

我于刘向《列女传》所记孟母教子诸事中独喜下面这件：

> 孟子既娶，将入私室，其妇袒而在内，孟子不悦，遂去不入。妇辞孟母而求去，于是孟母召孟子而谓之曰："夫礼，将入门，问孰存，所以致敬也；将上堂，声必扬，所以戒人也；将入户，视必下，恐见人过也。今子不察于礼，而责礼于人，不亦远乎！"孟子谢，遂留其妇。

宋以后儒家的"圣教"逐渐对女人不利，"饿死事小，失节事大""三从四德"等等都出来了。此类"教化"道德调门过高而不通情理，清儒戴震所以斥之为"以理杀人"。孟母此言所以好，正在于入情入理，对于"伪道学"真不啻一针解毒剂。可惜无法查证孟母此番话是否也是在"停机"后对孟子言之，否则，"停机"这个典故也将因之少几分道学气，而多几分熨帖人心的力量。

最后，话题还得回到《木兰诗》。广凤老师的课堂可圈点处甚多，要说缺点，我看就是关于"爱国""孝亲""勇敢"谈得过多。《木兰诗》固是质朴的诗篇，"木兰从军"的故事却在千百年流传的过程中难免成为政治教化和道德教化的一部分。"巾帼英雄"的故事自然更能让女性扬眉吐气，以致在欢欣鼓舞中竟绝少有人会去注意此类话语背后的危险。由此，倘不因人废言，一生关注妇女问题的周作人于其《苦茶随笔》中提到花木兰、梁红玉时说的一段话还是值得我们重视：

不过我以为中国要打仗似男子还够用，到不够用时要用女子或亦不得已，但那时中国差不多也就要完了。女军人与殉难的忠臣一样我想都是亡国时期的装饰，有如若干花圈，虽然华丽却是不吉祥的，平常人家总不希望它有。

　　这些非主流的声音，语文老师即使嘴上可以无，心中却须有。否则，语文老师真有沦为"思想品德"保姆的风险。广凤老师其勉之！

从三味书屋里那幅画说起

鲁迅《从百草园到三味书屋》讲到"三味书屋"的牌匾下挂着一幅画，"画着一只很肥大的梅花鹿伏在古树下"。"树"者，谐音"书"也；"古树"，古书也。"鹿"者，禄也；"鹿"而"肥"，高官厚禄也。所谓"书中自有黄金屋，书中自有千钟粟"，科举时代读书无非就是富贵的敲门砖，说得好听一点，叫"学成文武艺，货与帝王家"，说得难听一点，还不就是当官发财。

此种借音取义的"寓意画"自非中国艺术的主流，但在民间却广有市场。蝙蝠长相酷似老鼠，于是有一种传说，蝙蝠是老鼠误食巴豆后变的，加之古希腊的伊索老头因其"似鸟非鸟""似兽非兽"而赋予其"骑墙"性格，在西方可谓受尽奚落；然这种丑八怪在中国却可因其名字中"蝠"与"福"的谐声关系独享一份尊荣。大户人家门厅上的浮雕往往有五只蝙蝠，寓意"五福临门"也；年画上画一只蝙蝠与桂花数点，"福增贵子"也；把蝙蝠刻在一寿桃上，"福寿延年"也；把多只蝙蝠刻在多只寿桃上，"多福多寿"也……

周氏兄弟早年在绍兴乡间即没少受此种民间艺术"精神"的濡染。周作人《苦茶随笔》里有一篇《画廊集序》，讲到北方的年画，南方谓之"花纸",其幼年见到的花纸里,极有好些寓意画的内容,"譬如松树枝上蹲着一只老猢狲,枝下挂着一个大黄蜂窠"。知堂没有交代这幅"花纸"的寓意,当然是因为中人之资便可一望而知,不值得多费笔墨:蜂者,"封"也;猢狲即猴,而猴者,"侯"也。合在一起即是拜相封侯,大富大贵之意也。

"寓意画"虽然有时候或可依马列文论的"人民性"理论勉强解作"劳动人民对美好生活的向往",究其实却是前现代"巫风"之遗留。胡适1928年写有《名教》一文,胡氏引《礼记·仪礼》"名,书文也,今谓之字",释"名教"为"崇拜写的文字的宗教","信仰写的字有神力,有魔力的宗教"。豆腐店老板梦想发大财,便请村里的王老师写副门联"生意兴隆通四海,财源茂盛达三江",这也可以过过发财的瘾了。王乡绅也有他的梦想,于是也写了副门联"总集福荫,备至嘉祥"。胡氏所举例子中尚有济南事件发生后,街上到处是标语,有写"枪毙田中义一"的,有写"活埋田中义一"的,有写"杀尽矮贼"而把"矮贼"两字倒转来写,"矮贼"倒写,"矮贼"也就算打倒了。这些和小区墙上经常见到的"狗日的王小三不得好死"及时下某些"爱国"志士在车屁股后贴"勿忘国耻,踏平东京",属"其事固异,其理则同"类。若依胡适对于名教的解释,借音取义的寓意画实为拐了点弯儿的从而也就不那么质朴的"形象"化了的名教思想而已。

寓意画因其既浅且俗,如前述并非中国艺术的主流,但若说对主流艺术精神毫无影响,也并不是实情。前阵子在某鉴宝类节目上得睹民国时期画坛名宿汪榕先生的一幅花鸟立轴,画面上有石榴,石榴多子,寓意"多子宜男";石榴上栖息的鸟为白头翁,寓意"白头偕老",这幅画显明是汪老为某户人家结婚志喜而画,至于是因为迫于生计，还是为了友情难却，不得而知；有意思的是，汪老的画下款一般署其字"慎生"，这幅却署的是"汪榕"，专家的解释是，结婚是喜庆的事，你让人家"慎着点生"，那成什么话！可见即使是名家，书斋之内可以如何风雅、高蹈，到得应付民间的人情酬酢，还是不得不向此种既浅且俗的"艺术"风尚低首妥协。钱钟书短篇小说《猫》里，陈侠君的伯父，有名的国画家，即凭此技艺在上海滩立脚，比学洋画的陈侠君活得滋润多了。银行经理让他给画幅中堂，要切银行，要口彩好，还不能俗气露骨，他便画一棵荔枝树，结满了大大小小的荔枝，题曰"一本万利图"。他画的最多的还是"幸福图"：一株杏花，五只蝙蝠，题曰"杏蝠者，幸福谐音也；蝠数五，谐五福也"。

写到这里我忍不住要跟时下的教育开个玩笑。若给现在的中小学，尤其是高中的教室挂一幅画，既要切题，又要口彩好，还不能俗气露骨，画什么好呢？我看莫如画一棵柏树，柏树上蹲一只青蛙。至于寓意，我想也是明眼人便可一望而知的。章太炎先生早年讲"俱分进化"，即谓好的东西在进化，坏的东西也在进化。这些年教育确是在发展，可"发展"的往往是它的狭隘！先前还只强调升学数（率），后来开始讲本科数（率），现在在很多地方已经狭隘到只以考取两所所谓名校数衡量一所学校一个地方的办学实绩。那么多地方虎视眈眈向这个数字里要政绩，此所以现在的教育乱象丛生、怪象迭出也。

"寇盗式破坏"

　　我知道在很多人眼中我是个理想主义者。如果我理解得不错，说得时髦一点，"理想主义者"者，大抵是"喜欢梦想"一类人群之谓也。这里面现在就有了个悖论：我在"梦想"时却是个十足的现实主义者。比如我从来不会梦想有一天这个世界上不再有小偷。在我看来，小偷的职业比警察的职业还要古老，且势必与人类的历史相伴随。我的"梦想"只是有一天，小偷也有小偷的规矩，小偷也有小偷的底线，古语所谓"盗亦有道"是也。

　　1982年，朱学勤最后一次考研究生，在考场开封的一公共汽车上不幸遭遇一窃贼。那时贼已得手，将一信封扒窃过去，而朱先生却丝毫没有知觉。他打开信封一看，却无分文，仅一张准考证而已。他本可以悄然下车，将那张薄纸一揉一扔。但他没有那样做，因为不忍心坏了一书生的前程，于是冒着被喊"捉贼"的风险将信封掷还了朱学勤，还不失幽默地提醒一句："老哥，看看丢啥不丢?"这场奇遇造成了三十岁的小知青朱学勤以后生活和命运的转折。十八年后已是知名学者、历史学家的朱学勤在文章中写道：

幸亏我那时年轻，虽然一时来不及想明白（怎么回事），但毕竟不像现在这样容易失言。如果冒冒失失地喊一声"抓贼啊"，那可真是煞了风景，把我后几十年的知识分子的脸面都丢尽了。

如今，再想寻这样的"古风义贼"，安可得乎？八十年代所以让人怀念，或许部分在于那个年代犹存一丝古风。我有一老家邻居，今隐其名，就称之为"马扁"吧。八十年代到九十年代初计划生育如狼似虎那几年，马扁在乡间卖一种"药"，称吃了他配的"药"的年轻夫妇就可以生男孩。我问马扁：你就不怕人家生了女孩找你？马扁说：我讲明了，这药只有百分之五十的功效。我恍然：这跟生男生女的几率正差不多。马扁又说："我这人忒讲诚信，万一因药物'无效'生了女孩，钱全部退回。其实说到底，就等于是向生了男孩的人家讨个喜钱，而且也不多，就二百块钱，本来就没影的事，要多了，可就太缺德了。还有我那药，其实就是我们家自制的点心，绝对绿色食品，确保无害。拿生男生女蒙人，已经不地道，若再让人吃出个好歹，那可就太缺德了。"听"马扁"左一个"太缺德了"，右一个"太缺德了"，我强忍住我的笑，可马扁说得郑重其事，一点也没有"幽默"的意思。

鲁迅在给曹聚仁的一封信中说过这样一段话：

现在做人，似乎只能随时随手做点有益于人之事，倘其不能，就做些利己而不损人之事，又不能，则做些损人利己之事。只有损人而不利己的事，我是反对的，如强盗之放火是也。

鲁迅在《再论雷峰塔的倒掉》中将破坏分为两种：寇盗式的破坏和奴才式的破坏，并且认为奴才式的破坏因其更普遍，危害要远甚寇盗式的破坏。鲁迅思想里有许多矛盾，此即是一例。寇盗式的破坏的危害之大恐非奴才式的破坏所可及。奴才式破坏固为有害，然只是"因目前极小的自利，也肯对于完整的大物暗暗地加一个创伤"，以前引先生致曹聚仁信中所言绳之，尚属"损人利己"级别，最起码并未深乖人性，而"寇盗式的破坏"却专事破坏，如强盗之放火，被"放"者固然无家可归，可谓至惨，对施"放"者亦无一毛钱好处，正属先生反对的"损人不利己"。张献忠杀人自然可怕，然更可怕的是他似乎只是"为杀人而杀人"，这和"为放火而放火"，正可凑成一对！这已经不是人性，而只能算是"恶魔性"！鲁迅对奴才之深恶甚于寇盗，带累"奴才式的破坏"也遭陪绑。其实，寇盗与奴才，岂可别哉？所谓"临下骄者事上必谄"，寇盗在合适的时候会变身奴才，奴才一旦有了机会亦可厕身寇盗。还拿张献忠说事，当其面对手无寸铁的无辜平民，何尝手软过；然满洲的肃亲王豪格大兵一到，乖乖地躲进深山，不敢露头。说句会让民族主义者气馁的话，"肃王一箭"，岂非上天在佑护川蜀子民！

损己利人，甚至毫不利己，专门利人，是道德高调，不唱也罢，我对一尘不染的道德理想国从无兴趣（所以扫这扫那的警方消息从来不能让我欢欣鼓舞）；利己而不损人固然再好不过，实在不行，损人利己也并非想象的那般可怕，说到底，市场时代的竞争往往就是法律框架约束下的"损人利己"而已。最可怕的是底线之下的"损人不利己"。我就非常希望在路面撒图钉扎人家车胎的是修车铺的老板，而不是地痞无赖的胡闹取乐；公园或绿化带里的花是被摘或搬回去装点家居，而不是在地上踩碎或干脆扔进河沟里；盗取车内财物就算了，不要顺带掐死车内熟睡的婴儿……

"损人不利己"之可怕尚不在这些事情本身，而在于此类事情总让人嗅到一种不祥的味道。此种味道或可谓之戾气。明末张献忠不过是此种戾气的极端例子。戾气散在民间，诗意一点的比喻自然是星星之火，其实也可以说它是一个个火药桶。"损人不利己"真正可怕者在此。

要感谢开封的"义贼"与马扁这样的"义骗"，他们若再朝前走一步，把装准考证的信封撕掉或扔了，向"男胎药"里胡乱添加一点什么，即进于寇盗。值得庆幸的是他们都有底线，于是为人性，也为我们社会留存了一线微光。

说说"生命观"

对于网络时代的新晋热词"三观"，我查过百度，一指世界观，二指人生观，三，却不记得了，也许是下意识里觉得应该是生命观……我竟不自觉地模仿起张爱玲的成句，显然，我对"三观"里竟然不含生命观，是极不以为然的。我觉得，若要为"三观"寻一个核心，毋宁正应该是生命观。因为从一个人的生命观，亦即一个人对待生命的态度，便可窥见这个人对待人生的态度，乃至这个人对待整个世界的态度。

生命，无外乎自己之生命，与他人之生命。或可循此将人对待生命的态度粗分为四种。

其一，轻视自己的生命，却爱重他人之生命。此为极高境界，非凡人可及。如历代高僧大德，他们轻视自己之生命，是因了超凡入圣，故能了脱生死；但他们同时认定"造百佛寺，不如活一人"，于尘世之中，"观其音声，拔其痛苦"，实践诸佛菩萨救苦救难的大愿。

其二，爱重自己之生命，也爱重他人之生命。"怕死""惜死"是人之本性。所谓"好生恶死""蝼蚁尚且贪生"，是最洞达世情之语。英雄也不是不怕死，只是激于大义，故能"临难而不苟免"，所谓"死亦我所恶，所恶有甚于死者，故患有所不避也"，我觉得孟夫子真是通达人情。最近在四川凉山大火中牺牲的三十名消防战士所以可钦可敬、可歌可泣者在此。我们纪念他们，不尽是崇仰高风，也是出于对生命的悲恤。

因此，"怕死"是人之恒情，要之，须于爱重自己之生命的同时，"爱吾生以及人之生"，也爱重他人之生命。此虽为平常境界，却为一般人皆可抵达。

其三，贱视自己之生命，也贱视他人之生命。苏轼曾在文章中记下一事。章惇早年与苏轼同游南山，至仙游潭，潭下临绝壁万仞，岸甚狭，可谓奇险无比。章惇建议两人一起攀爬至绝壁上留字。苏轼坦言不敢，章惇独自攀爬至绝壁之上，留"苏轼章惇来"五字于其上。估计当时东坡居士的脸都吓白了吧。事后，东坡对章惇说："你将来能杀人。"章惇问："何以见得"？苏轼曰："能自拼命者能杀人也。"如东坡者，可谓善观人矣。章惇其人，功固不可没；然考其行迹，让人不免大摇其头处实多。一朝得志，排斥异己，倾陷善类，手段残忍，不遗余力。《宋史》以之入《奸臣传》，未尽是诬也。

能拼命，不要命的人，所以可怕处，即在于此种人干轻视自己之生命的同时，极容易滑入视他人之生命如草芥。日本的"武士道"的"生命观"亦属此类。武士道是贱视自己的生命的，武士道所以可怕，是他们由贱视自己之生命，自然地走向贱视他人之生命。二次大战中，日本人犯下惨绝人寰的滔天罪恶，实有此种恶劣的民族根性打底也。

其四，爱重自己之生命，却贱视他人之生命。鲁迅先生在谈到日本武士道时说："（他们）是先蔑视了自己的生命，于是也蔑视他人的生命的，与自己贪生而杀人的人们，的确有一些区别"（鲁迅《〈三浦右卫门的最后〉译者附记》）。而考诸中国历史，这种"自己贪生而杀人"的卑劣、卑怯行为的例子真是太多了。这里随举两人，一"王"，一"寇"，前者明成祖朱棣是也，后者明末张献忠是也。

公元 1402 年，大明建文四年，朱棣篡位自立，从而也揭开了中国刑罚史上最黑暗的一页。朱棣即位后，于方孝孺、景清等建文旧臣，戮其本人不算，又诛其族属，并及童幼，旁及师友，甚至籍其乡里，为中国刑罚史"贡献"了"诛十族""瓜蔓抄"这样的让人不寒而栗的字眼，一时可谓血流成河！永乐十二年至永乐十九年，仅仅因为自己的一个宠妃之死，七年间在大内数起冤狱，实施一次又一次惨绝人寰的大屠杀。仅永乐十九年一次，就屠杀宫女两千八百人，且全部是活剐而死，每剐一人，朱棣都亲自到场观看。我读史至此，不禁废书而恸：非人所为！非人所为！然就是这样一个视他人之生命贱过猪狗的人，对于自己之生命，却爱惜有加，罗致道士于宫中，为其炼制"仙药"不算，又在民间遍寻长生不老之方。朱棣后来在其北征还兵途中意外死去，据说长期服用所谓"仙药"是一个不可忽视的原因。

张献忠在四川的滥杀是造成明末清初四川人口剧减的一个原因。朱棣的杀人固多，倒还有个由头，张献忠则已经发展到非理性的"为杀人而杀人"的地步。熟悉《蜀碧》等明季史料的鲁迅如此描述："他使 A、B、C 三支兵杀完百姓之后，便令 A、B 杀 C，又令 A 杀 B，又令 A 自相杀。"（鲁迅《坚壁清野主义》）。就是这样一个当操刀向无辜平民何尝眨一下眼睛的主儿，于自己的生命怎样呢？清廷肃亲王豪格大军一到，乖乖地躲进深山，不敢露头。

朱棣，张献忠，一"王"，一"寇"，残忍、卑劣，却如出一辙，何也？还是鲁迅先生看得准啊，他在《谈金圣叹》一文中说：

> 成则为王，败则为贼。贼者，流着之王，王者，不流之贼……所区别者只在"流"与"坐"，而不在"寇"与"王"。

张献忠，流寇也；朱棣，"坐"寇也。虽然后者顶着"王"的冠冕，然就流氓心性来说，二者实无区别！

袁世凯的"揖让"闹剧

　　中国乃"礼仪"之邦，所以，即使"狼子野心"的篡逆者，当临九五之际，也有所谓"揖让"之礼。即如废汉献帝而自立的魏文帝曹丕，当逼宫之时，可谓无所不用其极，逮献帝无奈，下诏"追踵尧典，禅位于丞相魏王"，曹丕却又假模假式，一让，再让。一则曰自己"德薄恩寡"，不堪大任，再则曰自己"德非虞夏"，请别求大贤。《三国志》虽于此述之未详，裴松之注就此引述的材料却有十页之多（《三国志》裴注本，中华书局 2006 年版）。曹丕可谓做足了"诚惶诚恐，不敢闻命"的假戏，方以"天命不可以辞拒，群臣不可以无主"，登坛受禅。一副"勉为其难，无可如何"状，千载而下，犹让人禁不住掩口胡卢。

　　袁世凯复辟已是箭在弦上之时，袁的老师张謇曾戏语袁："大典成立，当举大总统为皇帝。"袁假谦曰："以政教合一论，万世传统皇帝，当属孔子后裔衍圣公孔令贻；以革命排满论，则皇帝当属朱家后人延恩侯朱煜勋，可以当之。"张謇曰："然则孔旅长繁锦，朱总长启钤，皆可登九五；朱友芬（时京师专治偏头痛的郎中）、朱素云（时一擅演风骚女子之名伶）亦可奉为至尊也。"这本是滑稽笑谈，岂料稍后袁氏称帝时竟有人据此议定"揖让"之礼，以杜天下悠悠之口。

据辛亥元老刘成禺《世载堂杂忆》，其时议定的"揖让"凡"三让"：第一次"揖让"的对方是宣统皇帝。袁氏"智囊团"筹安会"骨干"刘师培等认为，"大总统接受政权，得之满清，由清廷直接让与，而非得之民国，今国民既不以共和为然，大总统宜还帝权于移交之人"。第二次"揖让"的对方为朱元璋后人延恩侯朱煜勋。此既合"排满"革命宗旨（孙中山亦曾于临时政府成立的1912年率文武百官亲谒明孝陵），又表大公无私态度。第三次"揖让"的对方是孔子后人衍圣公孔令贻。衍圣公为中国数千年道统之象征，此"让"尤显大总统泱泱大风。袁氏智囊团的如意算盘是："三揖三让礼成，大总统再受国民推戴书，御帝位，世无间言矣。"

"揖让"事近游戏，本不需担心"受让方"认假作真，然袁氏徒党还是担心万一，于此前做足功课。比如曲阜地方忽现针对孔令贻的控案数十起，皆为袁氏党徒所为，目的自在搞臭孔令贻，为"揖让"之礼预做准备。

清雍正年间，为笼络汉人，诏封朱明皇裔朱之涟为延恩侯，传十二代至朱煜勋，光绪十七年袭爵。入民国后，朱煜勋被取消爵位，袁氏复辟时，朱煜勋只是一月薪五十大洋的明陵保管员，打死他也不敢再做"复明"的春秋大梦。筹安会诸人竟抬出这样一个朱明后人装点门面，和当年曾静竟欲联合岳飞后人、陕甘总督岳钟琪反清复明，同一想入非非也。

包括刘师培在内的筹安会诸人可能自己也感觉到如此"揖让"，迹近荒唐，又议定大总统接受国民推戴书有两项办法：一，让而不揖，无对象也。可由大总统退还推戴书三次，始受帝位；二，让而

39

且揖，有对象也，则前议宣统、延恩侯、孔子后裔皆不成问题。所幸袁氏最终采用的是无对象的"让而不揖"对策，方使得此场闹剧在收场时尚不至过于滑稽。

黄濬《花随人圣庵摭忆》有"弈术与政术"条，谓政术与弈术通，唯"稳、冷、狠"三字。袁项城（袁为河南项城人，故称）于此三字足以当之，遂成就其前半生立于不败；惜晚年于"冷"字欠缺功夫。盖人一臻老境，私欲转深，反易头脑发热。袁氏晚年不能安于冷，仅观其"揖让"闹剧，竟无异沐猴而冠，宜其取败也。海外学者唐德刚在《袁氏当国》中的评价最为中肯："袁世凯晚年之做皇帝，和汪精卫晚年之做汉奸，异曲同工，都是一失足成千古恨。流芳百世和遗臭万年，契机只在一念之间。悲夫！"

周作人的挽联

对联诸品种中，至为难作者当属挽联。括死者行径、生者哀伤于区区两行，已是难为；况死生之大，死者为尊，若不欲一味谀颂，而于数十百字之中或暗寓褒贬，或指涉时局，则难上加难。到得现代，白话文起，挽联一道，已显式微之象，然余绪犹存，依然不乏名手。周作人即为其中之一。周氏晚年著《知堂回想录》，于一生所写挽联，间有记录，自然是十不存一，但已足尝脔知鼎。

1926 年 3 月 18 日，北洋军阀段祺瑞执政府的卫队向请愿学生开枪，致死四十多人，酿成"三一八"惨案，这一天也由此被鲁迅称为"民国以来最黑暗的一天"。3 月 23 日，北京各界举行全体殉难者追悼会，周作人致送的挽联是：

赤化赤化，有些学界名流和新闻记者还在那里诬陷；
白死白死，所谓革命政府与帝国主义原是一样东西。

3 月 25 日，北京女子师范大学又举行刘和珍、杨德群二君追悼会，周作人再送挽联：

死了倒也罢了，若不想到二位有老母倚闾，亲朋盼信；

活着又怎么着，无非多经几番的枪声惊耳，弹雨淋头。

　　此两联以白话入联，非惟更显沉痛，亦愈显出和其兄鲁迅一般的"掐肤见血"的犀利。此时距离周氏兄弟失和已二年余，然此两联直可与鲁迅先生的《纪念刘和珍君》和《无花的蔷薇》两文互相发明。周氏兄弟失和之后数年，在政治、文化立场上犹取同一立场，同一步骤，互为奥援，此是一例。

　　1934年7月，刘半农至绥远调查方言，染上回归热，回北平不久病死，时在7月14日，年仅四十三岁。其时周作人正携夫人羽太信子游日本。回国后只赶上刘半农的追悼会，周作人的挽联是：

十七年尔汝旧交，追忆还从卯字号；

廿余日驰驱大漠，归来竟作丁令威。

　　下联用《搜神后记》"丁令威化鹤升仙"事。上联"十七年"，按周作人与刘半农结识于1917年，至1934年刘归道山，正好十七年。那时北大进门往北一带靠围墙有一排房子，为文科教授的预备室，一人一间，最初住这里的为陈独秀、朱希祖、胡适、刘文典、刘半农五人，当时戏语所谓两个老兔子和三只小兔子，陈独秀、朱希祖己卯年生，胡适、刘文典、刘半农则为辛卯年生，皆属兔，"卯字号"由此而来。

　　1935年，北大教授黄节病卒。周作人致送挽联：

如此江山，渐将日暮途穷，不堪追忆索常侍；

42

及今归去，等是风流云散，差幸免作顾亭林。

黄节为老革命，却不愿做民国的官，只做过一段广东教育厅长，旋即辞职，甘愿回北大教书。尝钤一印章，文曰"如此江山"，致慨于民元以后之乱象。下联提及"顾亭林"因黄节于病逝前一年在北大开讲顾炎武（亭林）诗，然"差幸免作顾亭林"一句妙处却在暗涉时局。时日寇步步紧逼，只国运一息尚存，遂使得黄节侥幸免做民国遗民；若联系当时危若累卵的国家处境及周作人对战局的悲观，周氏眼中的黄节之死可谓"死得其时"。此种忧惧心态或可为周氏后来的附逆下一注脚。

1939 年，钱玄同病逝。时北平已沦陷，北大已南迁，周作人与钱玄同同为所谓"留平教授"。周作人的挽联是：

戏语竟成真，何日得见道山记；
同游今散尽，无人共话小川町。

钱玄同与周作人初识于 1908 年，在东京民报社同列太炎门墙，听章太炎讲《说文》。同学者除周作人钱玄同外，尚有鲁迅、朱希祖、朱宗莱、许寿裳、龚未生、钱加治，共八人。周作人 1939 年 4 月 28 日《玄同纪念》中写道：

同学中龚宝荃朱宗莱家树人均先殁，朱希祖许寿裳现在川陕，留北平者唯余与玄同而已。每来谈常及尔时出入民报社之人物，窃有开天遗事之感，今并此绝响矣。

龚宝荃即龚未生，后为太炎女婿；"家树人"即其"家兄"鲁迅。

值得留意的是，作为兄长的鲁迅有一点和作人不同，除 1902 年有一副"挽丁耀卿"的挽联外，鲁迅似乎很少给人写挽联，翻遍《鲁迅全集》，也未曾找到第二副，和几乎是逢亡必挽的弟弟作人恰成对照。其中个人性情、气质上的缘由非此篇小文所能胜任，这里想说的是，几乎没给人写过挽联的鲁迅死后追悼会上，各界人士所送挽联多到不可胜数，遂使鲁迅成为死后获挽联最多的现代作家；而一生写下无数挽联的周作人于 1967 年去世，即使死因不明，由于他政治贱民的身份，家属也不敢把尸体送医院检查，草草火化，连骨灰盒也未敢拿回来。不要说挽联了，连最简单的追悼仪式也没有。正以此故，笔者明知文题"周作人的挽联"易生歧义，可有"周作人写的挽联"与"挽周作人的联"两义，也不再更动：此歧义逻辑上自然有，而事实上却不会有或不应有，因为"挽周作人的联"原是这个世界上并不存在的物事！

周氏如此结局固有以自取，然念及其前半生的伟绩，还是让人不胜唏嘘！

《本草纲目》里的谬误及其他

《本草纲目》不能算是中医的基础经典，但也许是由于被普及或曰被神话化的程度之高，李时珍一度是国人心目中中医的疗效与荣耀的象征。也许正是因为这一点，《本草纲目》里诸多显而易见的荒唐与谬误长期被有意无意地讳莫如深着。

李氏《本草》里有一方，专治狐臭：

> 腋下胡臭。鸡子两枚，煮熟去壳，热夹，待冷，弃之三叉路口，勿回顾。如此三次效。

两个鸡蛋煮熟去壳，夹在胳肢窝，跑至一三岔路口，扔掉，然后往回跑，记住，千万不可回头，如此三次，即可治愈狐臭！真真是"我本无心读笑话，谁知笑话逼人来"！

《本草》里另有一方专治男女不育：

> 立春日雨水，夫妻各饮一杯，还房，当获时有子，神效。

"立春"乃"资始发育万物"之时，这天的雨水含"春天生发"之气，以之治疗男女不孕，自然"对症"。

在李时珍看来，世间万物，皆可入药，所谓"蔽帷蔽盖，圣人不遗，木屑竹头，贤者注意，无弃物也"。所以，《本草》里渔网可以治疗鱼骨鲠；箸（筷子）头烧灰可以治疗咽口疮；母猪屎"和水服之"可治疮毒……限于篇幅，也难以尽述。有人说李时珍不是医药家，而是幽默家，《本草纲目》是笑话大全，良有以也。

平心而论，李时珍已经能算是中医史上大胆破除诸多迷信的人了，然即使如此，《本草纲目》里依然有如许的荒谬，其他可想。

如果罗列近年在舆论围观下相继倒掉的"神医"，那将是一份不短的名单。但可怪的是"神医"的"生意"照样红火。各种名目的中医"包治百病""有病治病，无病强身"的广告和治疗各种隐疾的招贴一道贴满了路口的电线杆，占据了凌晨一两点以后的电视频道。有人发问：为什么这些骗子都是中医？此问的"言外"一层意思是为什么没有听说过西医骗子。我觉得这个问题我能回答，但所谓"文似看山不喜平"，请允许我先绕点弯子。

人畜的粪便可以作为肥料自然是东西方的共同经验，然后来粪便对于稼、蔬生长的效力有了生物学、化学的实验室数据作为理论依据却无疑是西方人的功劳；让我们中国人颇堪自慰的是，由"粪便的肥效"联想到种菜时须说"秽语"（脏话）蔬菜"方得茂盛"的"发明"专利还是得"独归中国"——若论起"创新"，洋鬼子其实比我们差远了！

宋人释文莹《湘山野录》记载了此项"发明"让大宋朝的一对迂腐父子出丑的笑话。一个叫李退夫的夫子撒种种芫荽，尊"方得茂盛"之训，搜索枯肠（夫子是不会说脏话的啊）得一句"秽语"，曰"夫妇之道，人伦之本"，于是边撒种边"夫妇之道，人伦之本"地念念有词。忽有客来访，他就叫儿子把芫荽种完，哪知儿子比老父更迂，连"夫妇之道"也说不出口，他念的是"大人已曾上闻"——"刚才老爸说过了，刚才老爸说过了，刚才老爸说过了……"

聪明的读者想必已经明白我真正想说的：西医须以精确的实验室数据为理论依据，这个东西来不得半点含糊；中医诊病则像是写诗，可专凭驰骋联想和想象，所谓"医者，意也"。若问何谓"医者，意也"，有一个笑话可以曲传其妙，说的是人如果狗肉吃多了，看见电线杆就想把腿跷起来。《本草纲目》里有一味药叫"夜明砂"，用来治疗眼疾，这种药的主料是蝙蝠的粪便。"夜明砂"对眼疾是否有效，我没有亲试过，也没有做过调查，不敢说；但蝙蝠的粪便所以可以疗眼疾，理论依据听起来就像是和尚解签：蝙蝠昼伏夜出，于浓浓夜色里飞行无碍，可见眼力绝佳，故其粪便必宜入药，治目盲障翳。

姑且不论蝙蝠夜间辨别方位凭的并不是眼睛，而是靠耳朵和皮肤的感觉，即使蝙蝠眼力奇佳，为什么入药的单单是蝙蝠的粪便，而不是蝙蝠的身体？或者干脆以蝙蝠的眼睛直接入药，效果岂不更好？我曾带着这个问题请教过一当地中医世家，方知把蝙蝠全身煮了，也是一味中药，只是这回已经不是用来治疗眼疾，而是用来治疗"小儿惊痫"（夜啼），叫"小儿慢惊还魂丹"。这回的"说道"该是蝙蝠夜间飞行，非惟眼力奇好，胆力也佳云云了吧。

民间的很多迷信"偏方"未必是中医典籍上确有记载，但也是中医"物类相感""物之生克"哲学的"遗祸"。比如医书上并无"韭菜可以壮阳"的确切记载，但民间却盛行此说。何以会如此？我来根据中医的"医者，意也"的理论"附会"一种解释，大概是韭菜"割了一茬长出一茬"的生长特点让人联想到"生生不息，生命之源"了吧。我的解释虽属"附会"，自信离实情并不太远。另外，尚有一笑话可说，先人没有因外形相像而联想到"黄瓜胡萝卜壮阳"可以作为我们这个民族的联想力并非"无涯无岸"、尚知节制的一个证据。

我并不赞成废止中医，但中医无疑是一项必须谨慎对待的遗产。就我所知，最早主张废止中医的是晚清的国学大师俞曲园（俞樾）先生；五四时期，鲁迅、傅斯年等也都是主张废止中医的。傅斯年甚至说，若信中医，便对不起自己所受的教育。但是一百多年来，中医虽说是不断边缘化了，却依然顽强地生存着，仅此一点，中药的疗效未可一概否定吧。俞曲园先生虽说要"废止"中医，但同时也强调"废医存药"。但中药的疗效并不能连带着使中医"阴阳五行""物类相感"那一套"鬼话"成为真理。疗效是疗效，"鬼话"依然是鬼话。现在的问题是，中医"攀"上了眼下"弘扬传统"的时髦，包括电视在内的主流媒体上，"鬼话"遂喋喋不休，大有回潮之势。

周作人对于中医的批评不像乃兄鲁迅那么决绝，却别具科学的态度，从而也更能击中中医的"七寸"。他在《新旧医学与复古》（1938）中说：

> 中西医学这个名称实在讲不通，应该称为新旧医学才对。……医学本只是一个，有次序上的前后新旧，没有方法上的东西中外。

他把医学的发展分为四个时期：本能的医学，神学的医学，玄学的医学，科学的医学。西医已经进到"科学的医学"，而中医还停留在"玄学的医学"的阶段。周作人这番话本该收一言息讼之功，奈何半个多世纪以来，中西医之争旷日持久，迄今非但没有平息的迹象，且时现剑拔弩张之象。

其实，西方也有传统医学。西方的传统医学也和中医一样存在大量的谬误，比如古希腊医学思想中的"地、水、火、风"的"四行"说和中医的"五行""六气"等"玄谈"可谓半斤八两。西方人的可贵之处在于他们从十六世纪起逐步发展出一种科学的方法论——分组对照实验，一点一点地完成了对传统医学的"祛魅"，后来并借助化学及分子生物学的成果，方使得西方医学从传统的"神学""玄学"的医学进而为科学的医学。

百年中医之争取得的极少的共识之一是对于中医也应"取其精华，弃其糟粕"。笼统地说中医药是一座"宝库"是不负责任的，必须去除中医药中玄学、迷信的成分，方成其为宝库。要之，中医不仅不可视西医为仇雠，相反，对于中医的"去"与"取"依然需用西方的实验科学的方法。西方医学的分组对照实验已经发展为国际公认的"大样本随机双盲对照测试"。由于这种测试的严苛与繁复，每一种新药从研制到临床皆可谓旷日持久，长路漫漫。而据方舟子先生所说，目前还没有任何一种中药因为经过了严格的"大样本随机双盲对照测试"而获得美国食品药品管理局（FDA）的批准。

屠呦呦获得 2015 年度的诺贝尔生理学医学奖，据说让很多中医的拥趸拥有了更强大的理论自信。我觉得这里头包含的误解至深且巨。晋代葛洪的《肘后备急方》中"青蒿"一方确是屠呦呦及其团队的灵感来源，但葛洪在同书中关于"治疟"除了"青蒿"外，还一口气写下四十多个验方，比如"取蜘蛛一枚，着饭中合丸吞之"（把蜘蛛揉进饭团吞下去）；抱一只大公鸡"令作大声"；取一粒大豆，剖作两瓣，一瓣上写上一"日"字，另一瓣写上一"月"字，左手持"日"，右手持"月"，向着太阳吞下去，且"不可令人知"等等，可谓无奇不有。可见葛洪本人对于"青蒿"一方的疗效并无确信，否则他大可只保留此方，何必以数十个荒诞不经之"方"贻笑于千年之后！要之，青蒿素而非青蒿才是治疟的特效药，若果信葛洪所言"青蒿一握，以水二升渍，绞取汁，尽服之"便可治疟，即使不是笑话，也不是科学的态度。而青蒿素端赖用西方现代实验科学的方法从青蒿中提取。屠呦呦的成功恰恰证明对于中医药的"取其精华"亦应以西方现代实验科学的方法论为基础，如果对这一"同治、光绪间便应解决的问题"（傅斯年语）还有疑问，还要争论，那我们就真是太不长进了。

翁师傅的末路

　　1898 年，大清光绪二十四年，户部尚书、协办大学士，同治、光绪两朝帝师翁同龢，这位连慈禧太后都要尊一声"翁师傅"的人物，终于迎来了自己政治生涯的末路。这年六月十五日，也就是光绪皇帝颁布《明定国是诏》，开始变法维新后的第四天，光绪皇帝又发布了一道上谕，宣布免去翁同龢的一切职务，开缺回籍。

　　晚清那一段历史的书写，初受康、梁后来在海外的"抹黑"宣传的影响，二十世纪五十年代开始，复受制于路线斗争的意识形态思维，以慈禧太后为核心的后党与以光绪皇帝为核心的帝党的矛盾、冲突与斗争就成了这一段历史的结构性主线。翁同龢在这样的一个变法维新的关键时刻被赶回老家，当然也就不可能是光绪的意思，而只可能是保守派领袖慈禧试图削弱光绪的权力，阻挠变法之举。

　　然而，说慈禧太后是"保守派"，岂非想当然耳！不要说若无慈禧和恭亲王奕䜣的保驾护航，曾、李、左等人主导的第一波自强革新运动，也就是"洋务运动"根本不可能；就是戊戌变法维新，在一开始，慈禧太后和光绪皇帝的意见是基本一致的，最起码在翁同龢被开缺前后，慈禧还是基本支持或默认光绪皇帝的变法的。近代

51

史学者马勇先生在其近著《晚清笔记》中，以足资征信的史料，证明了这一点。

那么，翁同龢被"革去一切差事，开缺回籍"，究竟所为何事？

1898年五月，晚清政坛上的第二号人物、清末"改革开放的总设计师"恭亲王奕䜣进入弥留之际。在恭亲王于五月二十九日辞世之前几天，慈禧太后和光绪皇帝皆曾亲临恭王府探视，自然难免就朝中以后的人事安排对恭亲王有所咨询。其时上海《申报》有如此报道：

> 此次恭忠亲王抱疾之时，皇上亲临省视，询以朝中人物，谁可大用者，恭忠亲王奏称，除合肥相国（李鸿章）积毁销骨外，京中唯荣协揆禄，京外唯张制军之洞及裕军帅禄，可任艰危。皇上问：户部尚书翁同龢如何？奏称"是所谓聚九州之铁不能铸此错者"。（《申报》1898年6月27日）

叔、侄之间的私室密谈，且涉及以后朝中人事格局，属国家大政方针，旁人自是无由得闻；广为流传的"聚九州之铁难铸此错"当然更无法证实，亦无法证伪。但若不斤斤于细节，考虑到，其一，《申报》自有其消息来源，断不敢瞎三话四，随意杜撰；其二，尚有其他史料可资与《申报》之报道互证互参；其三，亦不排除清皇室故意透露消息给新闻纸，以"正视听，息谣诼"之可能，则恭亲王弥留之际就身后之朝中人事安排向光绪皇帝所作交代，基本可以凭信。

恭亲王为何对翁师傅印象那么差？除了翁同龢的个人人品让他

非常瞧不起，所谓"居心叵测，并及怙权"之外，更主要的原因毋宁是四年前的中日甲午之战中翁同龢的糟糕表现。在恭亲王看来，甲午一战，丧师失地，"数十年之教育，数千万之海军，覆于一旦"，为祸社稷，莫此为甚，皆翁同龢"一味夸张，一力主战"之过也。

吾国自南宋以还，主和与主战的朝议之争因被赋予了道德色彩，而有了忠奸善恶顺逆之别。主和即为奸佞，主战即为忠义，此种史观直豆棚瓜架水平耳。清人赵翼《廿二史札记》卷二十六"和议"条：

> 以和保邦，犹不失为图全之善策，而耳食者徒以和议
> 为辱，真所谓知义理而不知时势者也。

晚清郭嵩焘的外交以"了事"为与列强周旋之基本原则。"了事"者，大事化小，小事化无也。对于弱的一方来讲，唯不启衅，不激变，大事化小，小事化无，才有和平发展之安定环境。一场战争的"打"与"不打"，自是当基于战争胜算及成本与收益的理性核计，岂可因一时激愤，而以社稷为孤注耶？

据黄濬《花随人圣庵摭忆》，甲午后陈散原父子有"请诛李鸿章以谢天下"之建言，黄著并引《散原精舍文存》中所记散原父陈宝箴甲午兵败后一段痛彻肺腑之言：

> 勋旧大臣如李公，首当其难，极知不堪战，当投阙沥
> 血自陈，争以死生去就，如是十可七八回圣听。今猥
> 塞责望谤议，举中国之大，宗社之重，悬孤注，戏付一掷……

是可见，散原父子请诛李鸿章，不在其"不当和而和"，而在其"不当战而战"。陈氏父子对李鸿章的责难未免过苛，李鸿章岂不知与日人战断无胜之之理，然这一仗他不打，成吗？翁同龢的一力主战，上则取媚那拉后仇外之毒焰，下则迎合书生虚骄之高调，中则配合不更事的年轻皇帝之躁进贪功，已然是举朝汹汹，李鸿章只得以侥幸之心，勉力一战，是诚有不得已也。

按主战亦有不同情况。激于义气，赵翼所谓"知义理而不知时势"，尚是其上者；更下者则大言误国，以邀美名。而翁同龢的主战"激于义气"固然谈不上，"以邀美名"或许有一点，但更主要的，毋宁说是出于其"险恶"心术，是下之又下者矣。

据王伯恭《蜷庐随笔》回忆：

> 是时张季直（张謇）新状元及第，言于常熟（翁同龢），以日本蕞尔小国，何足以抗天兵，非大创之，不足以示威而免患。常熟（翁同龢）韪之，力主战。合肥（李鸿章）奏言不可轻开衅端，奉旨切责。余复自天津旋京，往见常熟，力谏主战之非，盖常熟亦我之座主，向承奖掖者也。乃常熟不以为然，且笑吾书生胆小。余谓："临事而惧，古有明训，岂可放胆尝试。且器械阵法，百不如人，似未宜率尔从事。"常熟言："合肥治军数十年，屡平大憝，今北洋海陆两军，如火如荼，岂不堪一战耶？"余谓："知己知彼者，乃可望百战百胜，今确知己不如彼，安可望胜？"常熟言："吾正欲试其良楛，以为整顿地也。"

这段史料所以值得重视并凭信，乃因作者王伯恭原系翁之"私

54

人"，翁是王的"座师"，于王有提携、赏拔之恩，王伯恭所谓"向承奖掖"；王并以其才干素为翁所倚重。我最初看到这一史料，惊诧莫名之余，不禁暗忖：翁师傅究何心肠哉？翁师傅难道忘了，于李鸿章的北洋海军建设，他是如何百般掣肘。李鸿章欲购置新战舰，作为户部尚书的翁同龢却死死捂住钱袋子。没有钱，北洋海军如何"如火如荼"？或正因视王伯恭为己之私人，不必藏掖，最后一句"欲试其良楛，以为整顿地"已近乎直言不讳：正因为知道北洋海军断无战胜之可能，才一意主战"以相窘也"。然社稷之存亡死生，国家之前途命运岂可拿来泄私愤而快恩仇？翁师傅究何心肠哉！

王伯恭的回忆与黄濬《花随人圣庵摭忆》之六十一"晚清汉大臣之挤轧"、一三五"甲午战后张之洞之往来电稿"、一三六"宋虞廷论和战"、三〇六"海军专款挪用与甲午丧师"诸条所论正可互相发明。主战，不过是翁同龢的一张牌罢了。一意主战，而又不欲其胜，甚至期之必败，从而达到彻底搞垮自己的政敌李鸿章的目的，恭亲王说翁"居心叵测"，此是最严重的一例。

近人李孟符《春冰室野乘》有"戈登遗言"一条。英人戈登于光绪六年，也就是公元 1880 年离华前，曾上书李鸿章，建言大清内政外交，计十条，其六曰：

中国有不能战而好言战者，皆当斩。

戈登真懂中国者也！可惜的是，戈登离华十五年后，即有不能战、不当战、不必战而战之甲午，局面遂至不可收拾。说翁同龢"卖国"，与说李鸿章"卖国"一样，自是同属无稽，他们连这个国家的一根毛也卖不了；然"不能战而好言战""悬社稷为孤注"的

"误国"之罪，翁师傅如何抵赖?!

翁、李嫌隙，演成党争，晚清政坛，人所共知。流俗之见，往往扬翁而抑李，其实，李鸿章之器识恢宏、敢于任事非翁同龢所可望其肩背。甲午兵败后，李鸿章赴日谈判，行前朝议，翁同龢此时亦知不割地断无可能，却然申言"绝不可割地"。都这个时候了，老人家犹不忘梗着脖子，"沽名卖直"。李鸿章悠悠而言：不割地，我没这个本事，还是请翁师傅自己去趟日本吧。翁才噤口不敢言。澳大利亚汉学家、近代史学者雪珥在《绝版恭亲王》一书中言：

李鸿章未必是真小人，翁同龢却绝对可称是个伪君子。

说得诚痛快也。

戊戌时任礼部主事的王照，于翁同龢死后有诗曰：

当年炀灶坏长城，曾赖东朝恤老成。
岂有臣心蓄恩怨，到头因果自分明。

诗下注曰：

及翁之死，庆王为之请恤，上盛怒，历数翁误国之罪，首举甲午之战，次举割青岛。太后不语，庆王不敢再言，故翁无恤典。

翁同龢死后，庆亲王奕劻为之请求恤典。那个时候，光绪帝在朝堂上已经很少说话，但这回却显得特别激动，历数自己的老师误国之

56

罪种种。可见，翁之倒台，正缘自恭亲王临终交代，惊醒梦中的光绪帝，让他彻底认清了自己老师的真面目。王照诗中所谓"到头因果自分明"，乃言翁师傅的身后凄凉，实是自己种"因"在前，而得"果"于后也。

翁同龢于 1904 年病死在家乡江苏常熟。临终前作绝句一首：

> 六十年中事，凄凉到盖棺。
> 不将两行泪，轻向汝曹弹。

意中颇有怨艾。人原是一种多么难于认清自己的生物，从而又是一种多么容易被自己感动的生物呵。

鲁迅的"骨头"为什么硬得起来

上中学的时候，对于《顺境与逆境》的作文题，甚至都不需要老师有意无意的暗示，几乎所有的同学在作文里都认为：逆境更有利于一个人的成长与成材；优裕的生活则会使人心生怠惰，不思进取，碌碌无为。现在想来，大家所以能够几乎无一例外地对这类作文的"立意"心领神会，是因为在我们的潜意识里，只有这样写才能表明自己的"道德正确"和"政治正确"，一旦不这样写，比如说写成"顺境才有利于人的成长与成材"就有可能被老师认为思想有问题。

我也是很多年以后，才感觉到，如此对待"顺境与逆境"才是成问题的。固然可以举出很多身处逆境然意志益坚的成功者作为立论的依据，"逆境出人才"，似乎也更能从中国古代典籍中寻求到呼应，比如：孟老夫子所谓"生于忧患，死于安乐"；那位号称"宋代文坛领袖"的欧阳修所谓"忧劳可以兴国，逸豫可以亡身"；还有那句在民间更广为人知的"自古雄才多磨难，纨绔子弟少伟男"等等。然而即使有一万个"艰难困苦，玉汝于成"的成功者，也无法抵消生活本身告诉我们的这样一个事实：更多的人其实是被逆境给毁掉了，从而无法在历史上留下痕迹供我们援引；更多的人被贫穷毒化了心灵，扭曲了灵魂，湮灭了智慧和才华，甚至吞噬了生命。

行有余裕、不必为柴米发愁的宽松的生活环境对于一个人的精神的升华，对于一个人的创造力的发展其实是更重要的。陈寅恪先生抗战时期在给傅斯年的信中说了这样一段话：

> 弟之生性，非得安眠饱食，不能作文，非是既富且乐，
> 不能作诗，平生偶有安眠饱食之时，故偶可为文，而一生
> 从无既富且乐之日，故总作不好诗。

虽是以调侃的口气说的，恐也是感慨系之的悟道之语。自由独立的经济生活是自由思想与独立人格的坚强后盾与实际保障。

鲁迅先生在《娜拉走后怎样》这篇著名的演讲中说：

> 钱——高雅地说吧，就是经济，是最要紧的了。自由
> 固不是钱所能买到的，但能够为钱而卖掉。人类有一个大
> 缺点，就是常常要饥饿。为补救这缺点起见，为准备不做
> 傀儡起见，在目下的社会里，经济权就见得最要紧了。
> ……在经济方面得到自由，就不是傀儡了么？也还是傀儡。
> 无非被人所牵的事可以减少……

中国读书人往往以"君子"自我标榜或自我期许，而君子是"谋道不谋食"的，所谓"君子喻于义，小人喻于利"。孔夫子讲要"安贫乐道"，所以他最喜欢的弟子是颜回，所谓"一箪食，一瓢

饮，在陋巷，人不堪其忧，回也不改其乐"。要之，颜回也需要有"一箪食，一瓢饮"可供充腹，方可"乐"得起来，若是像孔夫子当年"在陈"绝粮，饿得前胸贴后背，两眼冒金星，我就不相信会有什么"乐处"。其实，孔子之后约四百年，司马迁即在《史记·货殖列传》中与儒家唱了反调：

> 若至家贫亲老，妻子软弱，岁时无以祭祀进醵，饮食被服不足以自通，如此不惭耻，则无所比矣……无岩处奇士之行，而长贫贱，好语仁义，亦足羞也。

上不能养父母，下不能蓄妻子，举家冻馁，而高谈仁义，是一件很丢脸的事情。可惜的是太史公一番洞达世情的老实话千载而下竟落得"轻仁义而羞贫贱"之苛评。

都说鲁迅的骨头硬，然鲁迅的骨头所以"硬"得起来，离不开中产阶级经济地位的支持。鲁迅对金钱的极度关心显得是那么鲜明而独特。他在《碰壁之后》中说：

> 古人所谓"穷愁著书"的话，是不大可靠的。穷到透顶，愁得要死的人，哪里还有这许多闲情逸致来著书？我们从来没有见过候补的饿殍在沟壑边吟哦；鞭扑底下的囚徒所发出来的不过是直声的叫喊，决不会用一篇妃红俪白的骈体文来诉痛苦的。

为了争取经济权，鲁迅甚至不惜与先是学生后是挚友的北新书局老板李晓峰翻脸，从而就版税问题对簿公堂；为了争取经济权，鲁迅曾一再向自己供职的教育部索取欠薪，并将内幕公之于众。正是牢固的中产阶级的经济地位才使得鲁迅能够摆脱官的威势、商的羁绊，才使得鲁迅即使是走着"独战"的道路也没有被中国社会无边的黑暗所吞没。

赵匡胤奠定大宋气质

明清之际王夫之《宋论》中是这么说的：

> 太祖勒石，锁置殿中，使嗣君即位，入而跪读，其戒
> 有三：一，保全柴氏子孙；二，不杀士大夫及上书言事之
> 人；三，不加农田之赋……

这块刻有宋太祖赵匡胤遗训的石碑据说已毁于宋末兵燹，故虽有王
夫之这样的大儒凿凿言之，亦无法证其实，自然也无法证其伪；要
之，即使这块石碑不存在，太祖的三条遗训却是实实在在的，且被
后世嗣君视作祖宗家法，基本上得到了严格遵守，由此成就了一个
不同于汉、唐，视汉、唐也不遑多让的全新的大宋。

赵匡胤于公元960年发动陈桥兵变，黄袍加身，从后周柴氏手
中夺得政权，做了皇帝。循中国历史故例，本当斩草除根，以绝后
患，可赵匡胤终其一生，对柴氏一门优礼有加，临终尚不忘以"政
治遗嘱"的形式提醒后世嗣君不可亏待柴氏后人。后来《水浒传》
中的小旋风柴进柴大官人根本不把国家法度放在眼里，靠的也是太

祖所遗丹书铁券。

对异姓旁人尚能如此宽厚仁慈，千载而下，犹让人怀想高风。只可惜悠悠数千载，赵匡胤这样的皇帝只是凤毛麟角。可以拿来和赵匡胤作比的是"千古一帝"李世民。公元 626 年，李世民为争做皇帝，发动"玄武门之变"，禁锢高祖李渊，以"太子、齐王作乱"为名擅杀自己的哥哥太子李建成、弟弟齐王李元吉。更为残忍的事情还在其后。据清人赵翼《廿二史札记》，太子、齐王伏诛后，他们的儿子，自然也是李世民的亲侄儿李承道、李承德、李承训、李承明、李承义、李承业、李承鸾、李承奖、李承裕、李承度，计十人（以李建成、李元吉的年龄推算，十人中最大的也不过十五岁，最小的尚在襁褓之中），"俱坐诛"，可谓"斩尽杀绝"。而高祖李渊其时尚在帝位，坐视其孙伏诛，竟不能援手一救，赵翼由此推论："高祖亦危极矣。"有人提出要把对历史人物的道德评价和文化评价分开来，就李世民而言，屠兄、杀侄、逼父是道德评价；开创了"贞观之治"的丰功伟绩是文化评价。我是断断不能接受这样的说法。所谓"文化"，即"以文化成"，人端赖文化脱离动物的野蛮状态，人也端赖文化优越于低等动物，现在，至亲骨肉相残，且斩尽杀绝，无所不用其极，此举禽兽尚且不为，为之蒙羞的岂不正是人类的"文化"？"以不义开始的事情，必须用罪恶使它巩固"，这几乎就是一条历史定律，赵匡胤的宽仁就显得尤为难能。

不独善待前朝王侯子孙，赵匡胤即使是面对平民的"卑贱"的生命亦常怀恻隐与悲悯，以此从不妄开杀端。遣大将曹彬征南唐，临行不忘以"城破日，不可妄杀一人"戒之，曹彬不解，曰："兵久无功，不杀不可以立威。"赵匡胤回答说："朕宁不得江南，不可辄杀也。""烈士肝肠名士胆，杀人手段救人心"，这是晚清一代名将彭玉麟的名句。孔子云："兵者，凶器也，圣人不得已而用之。""杀人手段救人心"一句彭雪琴固可当之，赵匡胤则犹有过之。

一部中国历史，尤其是宋以后的元明清三代，几乎就是知识分子的血泪史，由此，赵匡胤的"政治遗嘱"的第二条"不杀士大夫及上书言事之人"，更堪称是"一塌糊涂的泥塘里的光彩与锋镭"（鲁迅语）。赵匡胤本人虽是"赳赳武夫"出身，却厌弃刀兵，定下偃武修文的国策。赵匡胤是唯一一个公开宣示"与士大夫共天下"的皇帝。赵匡胤不仅自己未杀过一个读书人，还把"不杀士大夫，不杀上书言事之人"作为"家法"告诫后世子孙。把"不杀读书人"悬为家法已够奇怪，更奇怪的是此一"家法"竟能被后世之君基本上严格遵守。随举一例，事见南宋高文虎《蓼花洲闲录》：

> 神宗时，以陕西用兵失利，内批出令斩一漕官。明日，宰相蔡确奏事。上曰："昨日批出斩某人，今已行否？"确曰："方欲奏知。"上曰："此人何疑？"确曰："祖宗以来，未尝杀士人。臣等不欲自陛下始。"上沉吟久之，曰："可与刺面，配远恶处。"门下侍郎章惇曰："如此，即不若杀之。"上曰："何故？"曰："士可杀，不可辱。"上声色俱厉，曰："快意事更做不得一件！"惇曰："如此快意事，不做得也好。"

宋神宗赵顼，就是后来支持王安石搞"熙宁变法"的那位，因为陕西对西夏用兵失利，憋了一肚子火，想杀一个负责漕运的官员，一则杀一儆百，一则解气。内批旨意发出的次日，神宗问宰相蔡确："我昨天叫杀的那个人杀了吗？"宰相蔡确回："我正要跟陛下说这个事。不杀士人，是祖宗家法，臣不愿在陛下这里破了例。"神宗细思良久，死一个人事小，坏祖宗成法责大，于是说："那就改为刺面，然后流放到偏远地方吧。"这时副宰相章惇说话了："这样的话，还不如杀了他。"神宗不解，章惇说："士可杀而不可辱啊。"神宗长叹一声："难道让我快意的事一件也做不得吗?"章惇说："这样的快意事，还是不做的好。"笔者当年读到这则史料的时候，为宋神宗那句"快意事更做不得一件"叹息感喟之余，不禁想到，明清两朝那些个视取书生性命如同儿戏的皇帝老儿一定纳闷死了：赵宋朝这些官家，一辈子杀不得一个臭读书的，即使位尊九五，复有何乐!

不杀士大夫、读书人，遂使有宋一代，成为中国历史上少有的尊重读书人的朝代。即使是蔡京、贾似道那样的"陷国危亡"的大奸，亦得以"保其首领于贬所"，有宋一代对士大夫之礼遇可见。王夫之说"终宋之世，文臣无欧刀之辟"，绝非妄断!相应地，有宋一代文化艺术各领域的群星璀璨、空前繁荣也可谓前无古人，后无来者。陈寅恪先生就说过："华夏民族之文化，历数千载之演进，造极于赵宋之世。"也就是说，不是汉，也不是唐，而是大宋，中华文明发展到了顶峰。

宋朝的财政不算好，甚至不能算次好，后世对此批评较多。要之，财政收入的多寡并不总是可以拿来作为国家力量的衡量，靠高税负维持的财政反有"重敛毒民"之弊。赵匡胤本人厉行节俭，有一次他半夜起来，突然非常想吃羊肝，但想到"我若说了，每日必有一只羊被杀"，结果硬是忍住没吃。与赵匡胤的节俭形成鲜明对照的是，宋代是历史上少有的真正做到了"藏富于民"的朝代，财政、军事力量虽弱小，但民间的经济活动空前繁荣，民间积累的财富不亚于中国历史上任何所谓"盛世"。这自然跟赵匡胤定下的"不加农田之赋"，即不与民争利、与民休息的基本国策相关。

赵匡胤的三条遗训"以忠厚养前代之子孙，以宽大养士人之正气，以节制养百姓之生理……不谓之盛德也不能"，王夫之《宋论》于盛赞赵匡胤的仁慈之余对之亦有精彩分析。自古帝王临天下，总该有所凭借。其上以德，比如商汤、周文；其次以功，比如汉高、唐高。而赵匡胤"德之无积"，非比商、周，亦无底定天下之功，非比汉、唐。"权不重，故不敢以兵威劫远人；望不隆，故不敢以诛夷待勋旧；学不夙，故不敢以智慧轻儒素；恩不洽，故不敢以苛法督吏民"，其治天下之密钥乃一"惧"字，用今天的话来讲，叫"敬畏之心"。常怀"敬畏之心"，则"惧以生慎，慎以生俭，俭以生慈，慈以生和，和以生文"，此太祖虽无"积累之仁"与"赫奕之功"而犹能"一统天下，底于大定，垂及百年，世称盛治"的原因。

赵匡胤在我心中所以重要，即在于像他这样的帝王而兼"暖男"的形象在中国历史上仅可一见。然赵匡胤在历史上的声名远不如那些武功赫奕之主如汉武帝、唐太宗、朱元璋等，一个重要的原因是宋朝由于"偃武修文"导致国防力量上的"积弱"，从而屡遭欺侮，最终皇统不继。这种"讥评"果真成立的话，如何解释大宋延祚三百二十年，时间上长于唐朝的二百九十年，也长于后来明朝的二百七十六年和清朝的二百六十七年；且我们还可以就此进一步地问：不知中国历史上永不覆灭的朝代在哪里！赵宋一朝不愿动刀兵，有时宁愿"花钱买和平"不假。就拿饱受后世诟病的宋真宗朝的"澶渊之盟"来说，其实大宋是一点也不吃亏的。首先，按诸"盟约"，宋与辽约为兄弟之国，辽视宋为兄，于大宋国体无大妨；其次，虽说是每年要给契丹岁币，但这点钱（钱十万，绢二十万）和历年对契丹用兵的花费相比，不值一提，和大宋通过与契丹之间开展边境贸易（榷场）的收益相比，更是九牛一毛。更为重要的是，澶渊之盟换来大宋和契丹之间一百二十年的和平，而有和平才有发展，这一百二十年正是大宋国力蒸蒸日上的时期。澶渊之盟，国家发展蒙其赐，亿万生灵受其福，何"丧权辱国"之有！

中国历史上的君王的主流都是阴鸷、铁血、阴谋类型，像赵匡胤这样的和平、宽容、仁慈竟成中国君王里的另类，其一直无法登上历史的"光荣榜"就是再正常不过的事情了。

方孝孺的"忍"与"迁"

　　因为准备写这篇文章，我记起有过这么一张老照片，翻箱倒箧，还真找到了：1998 年，南京雨花台，我坐在衰草萧条中，身后就是方孝孺的墓，墓碑上"方正学"三字已遭损毁。那年我二十八岁，正在省城进修，基本上还是个规行矩步的"思想"小毛头，对正学先生自然只有无限景慕而已。

　　在儒家的价值系统中，"义"可谓最称模棱，忠臣孝子固然常挂嘴边，杀人越货的强盗土匪又何尝不可拿来自我标诩并指斥他人！也许正因此，在儒家的价值排序上，"仁义"并称而先"仁"后"义"。先儒们显然已经意识到，若不先之以"仁"，若没有"仁"来打底，对"义"的偏执不知会结出什么样的思想怪胎、道德怪胎！

　　在汉语的表达习惯里，"舍生取义"之后往往还会追加一句"杀身成仁"以加强语意，给人的感觉是"取义"就是"成仁"，"成仁"就是"取义"，"仁"和"义"成了一而二，二而一的东西；甚至在汉语中"成仁"竟成了某种死法的别名，所谓"不成功则成仁"，而事实情况毋宁是，"慷慨赴死"所成就的多是激烈伉直的"义"，而与更具宏远规模与恢阔气度的"仁"基本无涉。一句话，就我对"仁""义"的理解，"取义"不仅未必同时能"成仁"，且对"义"的理解与遵行若趋向于偏执，"取义"的行为往往还会"伤人"，从而也恰恰伤了"仁"。具体到正学先生方孝孺，如果说儒者最重要的两门功课是"仁"与"义"的话，方孝孺于"义"一门，就其与建文帝朱允炆的"君臣之义"交了一份满分答卷，是优等生无疑；而于儒者另外一门功课，也就是"仁"一门却是严重的不及格。

朱棣本无心杀方孝孺。四年前燕王朱棣起兵谋篡，大军临发，他的首席智囊姚广孝叩马而谏，谆谆以方孝孺为托：城下之日，不可杀方孝孺，"杀孝孺，天下读书种子绝矣"；何况朱棣初收功，诸臣恐慌观望，正是其收拢人心之时。若能争取到德高望重的方孝孺为其所用，则不需刀锯鼎镬，天下纷纷，或可一举而息。毕竟帝位攘夺，乃帝王家事，对大多数臣子而言，老朱家是由侄子朱允炆，还是叔叔朱棣做皇帝，究非痛痒所关。可奈何方孝孺一根筋耳！

燕王兵至，建文帝朱允炆自焚死（一说出走），方孝孺作为建文帝倚重的大臣之一，却只是被收下狱，且旋被释出，请至朝堂。应该说朱棣一开始身段是放得很低的，以下对话录自《明史》：

> 成祖降榻，劳曰："先生毋白苦，予欲法周公辅成王耳。"孝孺曰："成王安在？"成祖曰："彼自焚死。"孝孺曰："何不立成王之子？"成祖曰："国赖长君。"孝孺曰："何不立成王之弟？"成祖曰："此朕家事。"

面对方孝孺的步步紧逼，朱棣理屈词穷，最后只得抛出"此朕家事"四字，看似耍无赖，却也有言外一层意思：我们老朱家内斗，干卿底事？你们儒生莫要太白作多情了吧。通观有明一代，皇帝多不拿读书人当根葱的，折辱士夫无所不用其极，因此鲁迅才说明朝皇帝都是"无赖儿郎"。

无赖儿郎朱棣既已摆下脸子，接下来就不客气了，让左右伺候笔墨纸砚，说：我这即位的诏书，非先生草不可！方孝孺掷笔于地，且哭且骂：死即死耳，诏不可草！以下《明史》关于朱棣怒杀方孝孺，可谓至简，只有七个字：

成祖怒，命磔诸市。

修《明史》诸人或欲为朱棣开脱的缘故，隐去关于方孝孺之死许多活生生、血淋淋的历史细节，好在谷应泰《明史纪事本末》卷十八《壬午殉难》述之甚详。有两个细节或场景尤值得注意。

其一，据《明史纪事本末》，方孝孺受刑之前，跟朱棣之间还各有一句对话：

文皇（按：指朱棣）大声曰："汝独不顾九族乎？"孝孺曰："便十族，奈我何！"

呜呼，方孝孺有什么权利这么说！要知道，正是方孝孺一句"便十族，奈我何"间接促成了中国刑罚史上最黑暗的一页。朱棣"成全"了方孝孺，于方孝孺的"九族"之外，又把方孝孺的门生、师友凑够"十族"，尽诛之。最后史家点数人头，受方孝孺一人牵连而死者多至八百七十三人！其中大部分是方孝孺的故友门生，这些人死于朱棣的残刻不假，同时也可说是死于方孝孺的一句"豪气干云"，否则朱棣未必有"株连十族"的天才想象力。哀哉！方孝孺顾念与建文帝朱允炆的"君臣之义"，欲舍生取义，以身全节，无可厚非；但那只能是方孝孺自己的事情，不能舍别人的"生"来"全"自己的节。正学先生若能有一念之仁，于自己全节的同时，也须顾及为他人"全身"，最起码尊重别人"全身"的权利，为别人的"全身"留下余地。

其二，据《明史纪事本末》，受方孝孺牵连而死的方之亲族、师友在时间上都死在方孝孺之前，在空间上也是死在方孝孺"之前"。每个人都由行刑者带到方孝孺面前，当着他的面处死。然我们的正学先生除了在杀到自己的弟弟方孝友时流下几滴眼泪外，一直无动于衷，甚至看都不看这些人一眼（"不一顾"）。

这是在干什么？这是朱棣跟方孝孺在较劲，在比赛，比赛的项目不妨叫"斗狠"。而如你我所知，所有的比赛无疑都带有游戏的性质（game）。让人触目惊心的是，别人的生命成为这场比赛或游戏的道具。读史至此，你想到了什么？反正我是想到了《世说新语·汰侈》篇里的一则：

> 石崇每邀客宴集，常令美人行酒，客饮不尽者，使黄门交斩美人。王丞相（导）与大将军王敦，尝共诣崇，丞相素不能饮，辄自勉强，至于沉醉。每至大将军，固不饮以观其变。已斩三美人，颜色如故，尚不肯。丞相让之。大将军曰："自杀伊家人，何预卿事？"

比赛项目相同：斗狠；比赛的道具亦相同：人的生命。在东晋朝的这场比赛中，最后大富豪石崇输了，大奸雄王敦赢了；在大明朝的这场比赛中，中国历史上就残忍而言排名前几的皇帝朱棣输了，名震天下的读书种子而兼忠臣孝子的方孝孺赢了。

一念之仁，就是"不忍"，就是对生命的恻隐和悲悯，孟子所说的"仁之端也"。孝孺先生真千古罕有之"忍"人也。当孝孺先生梗着脖子大义凛然之际，可否想到，若非自己一句"便十族，奈我何"，这些人未必就非死不可。方孝孺若能有一念之智，当朱棣说"汝独不顾及九族乎"时，只需临机一句话，自己全节，别人全身，各臻其美。然而方孝孺想不到。方孝孺想不到的，六百多年后的易中天先生替他想到了。你朱棣不是自称"周公"么，我就来一句："自称周公的人也不会灭人家九族。"这句话其实也不能算是易中天的发明。据《三国志·吕布传》，曹操灭了吕布后，欲以"杀其老母及女儿"逼降吕布的谋士陈宫，陈宫说：

　　宫闻孝治天下者，不绝人之亲；仁施四海者，不乏人
之祀。老母在公，不在宫也。

曹操在杀了陈宫后，"召养其母终其身，嫁其女"。名震天下的"读书种子"方孝孺不可能没有读过《三国志》，不过是读死书，死读书，不能活学活用罢了，或者就谓之"迂"吧。

方孝孺之"迂"非止此一端。

清朝人编的《古文观止》计选文二百二十二篇，明朝的文章入选的很少，总共才十八篇，而方孝孺一人独占两篇，一篇是《深虑论》，一篇是《豫让论》。可见方孝孺的文章确是好的，连清朝的文章大家纪晓岚都赞他"纵横豪迈，颇出入于东坡、龙川（按：南宋陈亮）之间"。

但好文章不一定是好办法。好文章也可能误人，还误人不浅。就拿著名的《深虑论》来说，开篇即气势不凡：

> 虑天下者，常图其所难而忽其所易，备其所可畏而遗其所不疑。然而，祸常发于所忽之中，而乱常起于不足疑之事。岂其虑之未周欤？盖虑之所能及者，人事之宜然，而出于智力之所不及者，天道也。

天下的祸患是防不胜防的，虑之于此，最后却出其不意，祸发于彼。秦定天下，惩周诸侯之强，卒亡其国，变封建而为郡县，以为这样一来即可以万世江山，不料十多年后，陈胜、刘邦即起于垄亩之中；汉又惩秦之孤立，于是大封同姓为王，以为藩篱，不料最后王莽卒移汉祚；宋太祖见五代方镇之足以制其君，尽释其兵权，而不知子孙卒困于敌国。历朝历代，皆惩前代之"所由亡而为之备；而其亡也，盖出于所备之外"。这样的对历史的观察不可谓不敏锐、深刻，而方孝孺最后得出的结论竟然是排除了一切"人事之谋"的有效性：

> 天下后世之变，非智虑之所能周，非法术之所能制，不敢肆其私谋诡计；而唯积至诚、用大德以结乎大心，使天眷其德，若慈母之保赤子而不忍释。

说白了，就是为政者只要"积至诚""用大德"，尊王道，行仁政，则天道昭彰，上天自会保护你，不会让你亡国。要知道说这话的可不是什么乡间陋儒，而是建文帝朱允炆的"顾问委员会主任"（首席智囊）啊。

试问：

当朱棣兵临城下，不同于乃祖（朱元璋），亦不同于乃叔（朱棣），颇有"仁厚"之风的建文帝朱允炆在后宫被逼自焚的时候，天何言哉?!

当朱棣一朝权在手，即对建文旧臣发明了"诛十族""瓜蔓抄"，从而揭开中国刑罚史最黑暗的一页的时候，天何言哉?!

当朱棣后来以比之乃父更为残忍的手段，把中国古代的黑恶政治推向巅峰状态的时候，天又何言哉?!

有人可能会说，所谓"天视自我民视，天听自我民听"，方孝孺所说的"天心"，其实是"民心"。只要民心归附，自然天下万年。这就更是"一派天真"了。"民心"这个东西果真靠得住？岳飞被诛，老百姓欢欣鼓舞，以为朝廷"又除一大奸"；袁崇焕被诛，老百姓争食其肉，刽子手则居之以为货，手指头大的一块"袁肉"竟卖至一钱银子。都说"得民心者得天下"，但往往是"得天下者得民心"。只要掌握了知识的"教育权"和信息的"传播权"，"民心"这个东西，还不是可以随便"制造"!

巧合的是，朱棣的首席顾问姚广孝关于"民心"也有"高论"，更巧合的是，这番高论也关乎"天道"，且是于紧要关头对朱棣当面言之。事见《明史·姚广孝传》：

> 太祖（朱元璋）崩，惠帝（建文帝朱允炆）立，以次削夺诸王。周、湘、代、齐、岷相继得罪。道衍遂密劝成祖举兵。成祖曰："民心向彼，奈何？"道衍（姚广孝）曰："臣知天道，何论民心。"

74

在方孝孺看来，天下唯有德者居之；而在姚广孝看来，天下唯有力者居之。在方孝孺看来，天道与民心不悖；而在姚广孝看来，天地不仁，以万物为刍狗，天道管他民心不民心！方孝孺处处合于圣贤经传，却无济于事；姚广孝的话说得简直很混蛋，却在关键时刻让朱棣吃了定心丸。

因为助成朱棣之恶，姚广孝的名声一直不大好。我对这个人却最起码很佩服。他书读得也许不如方孝孺多，但知机变，有权谋。机变、权谋只是工具，无所谓善恶。遇到恶者，比如朱棣，即助成其恶；若遇善者，比如朱允炆，当然亦可助其达成其善。

虽说历史不可能重来，但历史的其他诸般可能性却难免引诱我们后人做联翩遐想。如果朱允炆遇到的是姚广孝，而被朱棣罗入幕中的是方孝孺，大明朝也许就会在经历了洪武一朝的昏暴与黑暗之后，自建文帝朱允炆始，扭转到一个较为温暖而明亮的方向。毕竟，作为历史事实中的成功者的朱棣内心太扭曲、太黑暗，明朝成为中国历史上即使不是最无赖、最腐烂的朝代，也是次无赖、次腐烂的朝代，他和乃父朱元璋是做出了奠基性的"贡献"的。

第 二 辑

也谈《一九四二》

> 委员长思索：中国向何处去，世界向何处去？他们思索：我们向哪里去逃荒。
>
> ——刘震云《温故一九四二》

《一九四二》演至中途，后面一排座位有一女士在打电话，大概是给在外面的朋友汇报对电影的观感吧。我听她说的是："哪里会有这么惨，电影真能夸张。"我的感受和这位女士颇有不同。《一九四二》使"赤地千里""饿殍遍野""鹑衣百结"这些汉语中明显具有夸张意味的字眼尽褪其夸张色彩，成为对现实世界的如实描绘。然而即使如此，我不相信刘震云的小说和冯小刚的电影已经穷尽这个世界上真实发生过的苦难——当苦难已经远远超出了作家、艺术家想象能力的时候，最具想象力的艺术家、作家面对极端的苦难，大概也只能搁笔长叹！

然而，一个个个体的苦难算得了什么呢？刘震云的原著小说《温故一九四二》中写道：

（饿死）三百万人是不错，但放到当时的历史环境中去考察，无非是小事一桩。在死三百万的同时，历史上还发生着这样一些事：宋美龄访美、甘地绝食、斯大林格勒大血战、丘吉尔感冒。这些事件中的任何一桩，放到1942年的世界环境中，都比三百万要重要。五十年之后，我们知道当年有丘吉尔、甘地、仪态万方的宋美龄、斯大林格勒大血战，有谁知道我的故乡还因为旱灾死过三百万人呢？

冯小刚的电影把这段话作为画外音呈现，可谓意味深长。二十世纪的各种面目的意识形态在描绘辉煌的历史愿景的同时，也为漠视个体苦难提供理论依据。是啊，相对于凯歌高奏的历史洪流，相对于未来柳暗花明的灿烂前景，千千万万个家庭的残破，千千万万个无辜生命的沦亡又算得了什么呢？

我不知道，在地底下，在另外一个世界里，他们可曾闭上他们的眼睛。他们都是些普通的肮脏的中国百姓，在历史的长河里，他们算不得值得大书特书的惊涛骇浪，也算不得让人低回流连的美丽浪花，他们甚至连浪花裹挟下的泡沫都算不上。凯歌高奏的历史洪流无暇也不屑携带上他们。他们被委弃于荒滩沙丘，如一粒粒尘埃，无声无息。然而没有这些千千万万的普通的肮脏的中国百姓，刘震云的原著小说中写道：

> 波澜壮阔的中国革命史和反革命史岂不都是白扯，……他们是最终的灾难和成功的承受者和付出者，但历史历来与他们无缘，历史只漫步在富丽堂皇的大厅。

有人说《一九四二》是在反省"国民性"之恶。我觉得更严格些的说法应该是政治之恶、权力之恶，或者说，"国民性"之恶是通过政治之恶、权力之恶来显现的。小刚于此的初衷是显的，但他此番于很多重要的历史细节并未触及，或虽有触及，但触之未深，欲言又止，让人扼腕！比如，在1942年的河南，首先起来救灾民于水深火热之中的，不是国民政府，而是外国的传教士们；即使是在"蒋委员长"接见了美国记者白修德，看到了那张"狗吃人"的照片，"大受震撼"，从而命令河南地方"发力救灾"之后，救灾效率最高的也不是当时的国民政府，而是基督教会在各地开办的粥厂。刘震云的《温故一九四二》中记下了一个外国天主教神父在谈到设立粥厂的动机时说的话："至少要让他们像人一样死去。"与外国人的热情与努力形成对照的是：

经过几个月，中央政府拨给的两亿救济款中只有八千万元运到了这里，甚至这些运到的钱也没有发挥出救灾作用。政府官员们把这笔钱存入银行，让它生利息；同时又为怎样最有效地使用这笔钱争吵不休。在一些地区，救济款分配给了闹饥荒的村庄。地方官员收到救济款后，从中扣除农民所欠税款；就连国家银行也从中渔利……（据原著小说《温故一九四二》所引当年历史资料）

其实原著小说远比电影更让人震撼和深思。刘震云写道：

人一批批全饿死了，政府建在哪里呢？谁给政府中的首脑和各级官员提供温暖的住处和可口的食物然后由他们的头脑去想对付百姓的制度和办法也就是政治呢？人都没有了，它又去统治谁呢？

其实，"蒋委员长"的失算正在这里。《一九四二》以"七年后，蒋介石政府败退台湾"一行字幕戛然收尾，其意正在此吧。

一个人的怕与爱

/

《世说新语》载，石崇每邀客宴集，常令美人行酒，客饮不尽者，使黄门交斩美人。王丞相（导）与大将军王敦，尝共诣崇，丞相素不能饮，辄自勉强，至于沉醉。每至大将军，固不饮以观其变。已斩三美人，颜色如故，尚不肯。丞相让之。大将军曰："自杀伊家人，何预卿事？"

按照宗白华先生的分析，魏晋几百年间是"精神上的大解放，人格上思想上的大自由"时期，魏晋人不仅把人心里面的美、高贵与圣洁的一面推到极端，也把人性里面的残忍与恶魔性因素发挥到了极致。石崇劝客饮酒，至于以杀人相要挟，偏偏遇上了不买账的王敦，在"美人溅血"面前面不改色。宗白华先生就此认为：晋人的豪迈不仅超然于世俗礼法之外，有时且超然于善恶之外，他们身上那禽兽般的天真和残忍"如深山大壑的龙蛇，只是一种壮伟的生活力的表现"。

在这个故事里，跟王敦相比，丞相王导只是个配角。王导本不会喝酒，因不忍见到美人劝酒不成被杀而喝得酩酊大醉。没有王导的"怯懦"与"软弱"则无以衬托王敦的雅量、潇洒与通脱。

我更愿意认同王导，认同那种面对即使是卑贱的生命被蔑视和践踏时的恻隐和悲悯，这种恻隐和悲悯在唯潇洒与通脱是尚的历史氛围中，显得是"难成大事"的"妇人之仁"，却是对待生命的健全态度。相比之下，听任石崇杀人而偏就不喝酒，且能面不改色，甚至还等着看石崇何时会心软的王敦身上这种潇洒与通脱如果也能算是美，这种美是不是也有点畸形和病态？

有那么一阵子，我们的战争题材的电影真是邪了门了，首长的警卫员都在闹情绪，不想做警卫员，想到前线去打仗；所有的没有接到战斗任务的连队都在闹情绪。这样的电影看得多了，不由得纳闷，中国人这是怎么了？英雄主义当然可以被表现为艺术作品中的美，但把英勇无畏表现到这种有仗打就亢奋、没有仗打就气闷的程度就有点过。于是在我的观影经验中就挺立着一个女性的配角形象，其实连"配角"都算不上，因为在剧中她连名字都没有，属于演职员表里"参加演出"那一类。可惜这部电影因为年深月久，我已不记得名字。这个配角是一个女民兵，她跟其他的女民兵站成一排，在一个解放军战士的指导下练习拼刺刀，她们的对面站着一排用稻草扎成的国民党兵，头上都戴着美式钢盔。我记得其他的女民兵都很好地完成了规定动作，把刺刀猛刺进"国军"的"胸膛"，只有我说的这个配角，端着枪，犹疑，踟蹰，像是下不了狠心的样子，最后，终于把枪扔掉，捂着脸哭了。负责指导的解放军战士生气地说：对面那是敌人，有什么好怕的，你的阶级立场哪去了！考虑到那时的历史语境，电影的编导无疑是把这个配角作为不觉悟的落后分子来处理的，没有这样的落后分子则无以衬托正面人物爱憎分明的阶级立场。我长久地怀念着这个配角女民兵胆怯、害羞的表情，她于面对哪怕是虚拟的敌军生命时因胆怯而犹疑、踟蹰的一瞬间所流露出的妇人性，或者说母性，长久地温暖着我。这种妇人性、母性虽说为正统的历史书写排斥，但我们有理由相信，正是这种妇人性、母性在那些苦寒的岁月里呵护着生命的尊严，守护着美好人性的脆弱的火苗，维系着我们这个民族的血脉。

我不得不承认，我所以更愿意认同具有"不忍"之心的"胆小"的丞相王导和那个配角女民兵，跟我生就的个人性情有关。我自小是个胆小的人。我家在村子里是旁门小户，经常被人欺负，我也就经常被村子里的小孩欺负。村子里的孩子们打架时的心狠手辣直到今天想起来还让我胆战心惊。他们的大胆还体现在对待动物的态度上，鲁迅和托尔斯泰都曾写过人鞭打动物的场面，这样的生活经验我也有，且"执鞭"的大多是些孩子，且大多并没来由，只是为了好玩和取乐。每每碰到这样的场面，我都不敢上前，所以也就无从知道那些被打的猪、牛或狗是否也像托尔斯泰描写的那样"满眼伤心的泪水"。后来读陀思妥耶夫斯基的《卡拉马佐夫兄弟》，里面的一个人物斯麦尔加科夫给我留下深刻印象。他很小的时候就痴迷于一种娱乐，在树枝上把猫吊死，然后再为猫举行葬礼。我相信这肯定不是陀翁的杜撰和虚构，对生命的残忍与冷漠是陀翁童年经验的重要内容。而且我相信，陀翁也像我一样是个胆小的人，对于这种胆大妄为有着纤细的敏感和固执的排斥。

我当然不是在为我的"胆怯"和"软弱"辩护，事实上，这种"胆怯"和"软弱"长时间使我陷入屈辱之中。我也赞同对恶意的加害给予有理、有节的还击，但问题还有另一面，我也是很多年以后才感到，"胆小"和"软弱"是不是也可能是一个人身上至为可贵的心性和素质？如果"胆小"和"软弱"有时恰恰包含了对生命的尊重与呵护，那么，能不能说，只有经由这种"胆小"和"软弱"后所抵达的"勇敢"才更靠得住？

这个世界上最美的东西肯定是这个世界上最软弱的东西，这个世界上最软弱的东西肯定是这个世界上最强有力的东西。这作为我的一句"名言"在学生中广为流传也广有争议。最先启发我萌生这种思想的是我阅读《圣经》的经验。神学家朋霍费尔在谈到耶稣在十字架上受难时说："上帝拯救我们，不是靠他的全能，而是靠他的软弱和受难。"我越来越相信，如果这个世界有最终被拯救的可能，那么，能够最终拯救这个世界的力量肯定不是强力，而是软弱这种"无力之力"。相反，追求"强力"，过去是，现在是，将来也必然是这个世界动荡不安的根源。

追求"强力"固难，追求软弱，在"追求强力"的主流语境下亦属不易；它需要承负软弱带来的艰辛与屈辱，尤其需要一种精神苦行的勇气。

2

杜牧诗云："折戟沉沙铁未销，自将磨洗认前朝。"为岁月长时间掩埋的古物，一旦得见天日，它于我们今人的意义也许就在于，我们在触摸、感受它们的同时，似乎就能听到遥远的历史的回响。

但不是所有的从地下通过考古发掘而重见天日的古物，都适合从考古专家的实验室搬出来满足普通人的好奇心从而换取门票收益。曾被组织去参观过一著名的汉墓，经过两千多年依然保存完好的西汉长沙国丞相利苍之妻辛追夫人的尸身已被解剖，她的肺、胃、肝、肾等内脏用药液浸泡在巨大的玻璃器皿里，供我们这些后人瞻仰。我看着在几个玻璃器皿间流连不去，表情惊异莫名的参观者，不知怎么就想到了以前读过的一篇小说。作者大概是残雪吧，主人公一对夫妇在自家门边挂一面小圆镜，每有闲暇就通过这面圆镜窥伺邻家另一对夫妇的日常生活。邻家夫妇偶有吵嘴磨牙，或是夫妇间难免的"闺房之私"，就成了圆镜前面咧着嘴的这对夫妇最开心的娱乐。

好奇心是个好东西，念小学的时候，我们便会被告知，人类历史上很多重大的发明创造都肇始自人的好奇心，但残雪硬是让我们看到了人的好奇心的另一面——它的恶劣甚至恶心！如果说，考古的榔头掘开一座座古坟，让沉睡了几千年的陈迹重新浮出历史地表，尚可从考古学科的合法性得到论证，那么，如果发展到把古人的心、肝、肺都拿出来展览，除了满足了人的卑琐的好奇心，于考古科学的发展，于索解历史之谜究何益哉？

古希腊神话里有关于俄狄浦斯的传说，俄狄浦斯在猜中了司芬克斯之谜后，巨大的灾难、毁灭的结局就一步步地向他逼近；哥伦比亚作家马尔克斯的《百年孤独》设置了一个颇耐人寻味的结尾：就在奥雷连诺第六破解了梅尔加德斯写在羊皮纸上的寓言那一刻，

阵飓风使马孔多小镇在这个地球上消失了。我一直是把俄狄浦斯的传说和《百年孤独》的结尾作为人类好奇心的寓言来解读的。它提醒人类收敛自己的好奇心，对神秘或奥秘存有必要的敬畏之心。恶劣的情欲使人沦为野兽，恶劣的好奇心则使人沦为鲁迅先生所说的"看客"。

我想说的其实就是，我们凭什么去破坏死人的安宁？如果说考

古的榔头和解剖的手术刀属于不得已，就像战争，"兵者，凶器也，圣人不得已而用之"一样，那仅仅出于好奇心，我们是否有足够的理由去破坏死人的安宁？

我生就的个人性情使我反感这种猎奇式的"参观"；我的"胆怯"和"软弱"使我无法根据唯物论的教导视那些已经消失的生命如无物；我坚信，如果我们不具备对待那些业已消失的生命的健全态度，对待现实的生命的态度也就不会健全到哪去！

杨震杨伯起下车伊始，即有故人以百金贿之，并曰："暮夜无知者。"杨震正色曰："天知，神知，子知，我知，何谓无知者？"我不知道今天的衮衮诸公读到杨震这个故事会做何想。接受多年的唯物论教育的人肯定不会相信杨震那一套，所以"为官一任，祸害一方"的也不会担心"天"诛"地"灭，不会担心"天地"不容！

我相信，古老中国曾经有过的像"天诛地灭""天地不容""遭天谴"这样的骂人的话里原本就包含了"敬畏天命"的传统，从而也就容易促成一种立身行事的健全人格。陀思妥耶夫斯基担心："如果上帝不存在，一切都是允许的！"我们也有理由说，如果没有了对天命的敬畏，人还有什么不可以做的呢？当我们不再去仰望头顶的星空，也不再去敬拜自然和神灵，仅仅在否定神灵蔑视神圣的自我膨胀中，人还如何寻觅心灵的宁静与幸福？仅仅在自闭、自大、自傲、自是、自狂与层层加码以至不可遏止的欲望中，人果真能安妥自己的灵魂？

8

刘小枫先生有一本书叫《我们这一代人的怕和爱》。很喜欢这个书名。我同意刘小枫先生的说法，我们还没有学会怕和爱的生活。学会爱大家都能懂，至于学会怕则令人费解。怕还用去学吗？它不就是我们日常生活的主要线索吗？车祸的发生频率和交通事业的突飞猛进几成正比，电视节目里的反扒、反骗贴士远不如窃技和骗术本身更新得快，在一个越来越缺乏安全感的社会，难道我们怕得还不够？其实，刘小枫所说的"怕"已经不是任何一种心理形式，而是指一种精神质素，是面对人性的高贵与尊严时的羞涩与同情，是面对生命被蔑视和践踏时的恻隐和悲悯，是面对浩渺无垠的宇宙自觉个体生命的渺小与可怜，是对来自那个永远也不会消失的地方的永恒奥秘葆有足够的谦卑与虔敬，是对那些超出人类理性言说范围的事物持有敬畏之心。

发现作为"集体"的我们

很多我们耳熟能详的"俗话",其实颇跟我们的经验事实相违。比如"俗话"说"人多力量大",而我们的经验事实是,人多往往反而没力量。至于人多为什么没力量,说起来也简单——人固然多,若是没有自己的组织,或没有组织起来的权利,只是一盘散沙而已。

最先提出中国人是"一盘散沙"的是梁启超,其后则有孙中山。梁启超在《十种德行相反相成论》中认为,中国人"终不免一盘散沙之诮者,则以无合群之德故也"。梁启超显然是把中国人所以为"一盘散沙",归咎于中国的民族根性或曰国民性,所谓"无合群之德";鲁迅的意见与梁氏颇有不同,他在《沙》(1933 年)一文中说:

> 近来的读书人,常常叹中国人好像一盘散沙,无法可想,将倒霉的责任,归之于大家,其实这是冤枉了大部分中国人的。小民虽然不学,见事也许不明,但知道关于本身利害时,何尝不会团结。先前有跪香、民变、造反,现在也还有请愿之类。他们的像沙,是被统治者"治"成功

的，用文言来说，就是"治绩"。

鲁迅接下来分析所以会如此的原因：盖很多人做官无非是为了发财，做官不过是发财的一种门径；而财从何来？当然是从小民身上搜刮来，"小民倘能团结，发财就烦难，那么，当然应该想尽方法，使他们变成散沙才好……于是全中国就成为'一盘散沙'了"。意即"一盘散沙"不是什么国民性，而是中国自古以来的"统治术"。

论起我们国家的人口结构，除了农民之外，就是工人所占人口比例大。农民没有力量好理解，因为如前所说，农民没有自己的组织，是"一盘散沙"；工人有自己的"组织"——工会，咋也没力量？殊不知工会是工人自己的组织只是理论上"是"而已，而事实上，很多企业的工会早已异化。这样的工会非唯不能代表工人，在工人的立场上讲话，反而容易成为资本的帮凶，河南就闹出过工会代表企业跟工人打官司的笑话。

和工会差不多同时被"异化"的还有学生会。从理论上讲，学生会是学生的自治组织，是学生行使民主权利，进行自我管理、自我教育、自我服务的组织机构。它不唯是非官方的，相反，由于学生会是理所当然地站在学生的立场上发言和行事，是学生的情绪、意志的集中表达，当局和校方理应是学生会眼中的"假想敌"。这才是正常状态下的学生、学生会和校方之间健康的、良性的三方关系。遗憾的是，这样的健康的、正常的三方关系如今已成了遥不可及的"仲夏夜之梦"，因为，众所周知，如今的学生会早已沦落为校方、政工干部、辅导员对学生进行纪律管制和思想管制的工具。这样的学生会自然不可能成为代表学生利益的权利主体，相反却和校方、政工干部一道成为学生的"假想敌",成为学生"拒绝的对象"。

我一直在学校工作。在任一所学校里,一线教师都是人数最多的群体,然我们的经验事实是,在学校里,人数最多的教师最没有发言权,也最没有力量。没有组织起来的教师也只是"一盘散沙"而已。"教代会"理论上讲自然是属于教师自己的组织,但实际操作起来却成为权力者的游戏。教师"代表"按权力者的意思鼓完掌、表完决,拿了纪念品拍拍屁股走人,那是聪明的;你若是真拿自己当棵菜,把那些写在纸上的"权利"当了真,岂不成了笑话!

我经常引用刘瑜小姐的话,弄得我都有点不好意思,怎奈人家说得实在好:"如果说改革开放以来,中国的进步在于通过市场化转型发现作为个体的'我',那么中国下一步的挑战则是如何给社会松绑,通过重建社会来发现作为集体的'我们'。"

绝顶便宜

从汉唐以迄明清，若论文化，汉民族的文化无疑比北方少数民族先进得多，但是"四夷宾服"的局面却很少出现。汉民族跟北方少数民族打仗，很少打赢过，以汉高、文景那样的文治武功，也只能以屈辱的"和亲"换得苟安；至于宋、明，更无足论，宋有"靖康之难"，明有"土木堡之变"，连皇帝都让人捉了去。元、清两代则更是前者近百年、后者长达两百多年的蒙古人、满洲人统治。

有意思的是，历史上"精神胜利法"被充分利用正是在"连万里长城也挡不住北方少数民族的金戈铁马"之后。

清朝是两百多年的满洲人统治。孙中山当年闹革命，打出的旗号就是"驱除鞑虏，恢复中华"，"鞑虏"就指满洲人。身遭家国破碎之痛，而又无实力与之抗衡，于是我们发现，就像阿Q挨了别人的打之后，便骂一句"我今天总算被我的儿子给打了"，来求得心理安慰一样，在有清一代的民间传说中，清初诸帝竟无一不出于汉种。顺治是关东猎人王某的儿子，系清太宗妃子与王某私通而生的；雍正是卫大胖子的儿子。清圣祖康熙微服江南，结识了一个厨师卫大胖子，卫大胖子有个小姜，康熙悦其美貌迎入后宫，而不知她已有

93

了身孕。乾隆是海宁陈阁老的儿子的传说由于后来被金庸写进武侠小说里，则更广为人知，至今影响不衰。若推原祸始，陈怀《清史要略》恐难辞其咎。该书第二编第九章有云：

> 弘历（乾隆）为海宁陈氏子，非世宗（雍正）子也……康熙间，雍王与陈氏尤相善，会两家各生子，其岁月日时皆同；王闻而喜，命抱之来，久之送归，则竟非己子，且易男为女矣。陈氏惧不敢辩，遂力密之。

1934 年中秋节，鲁迅写了篇《中秋二愿》，由于提到了那时中秋的固有"节目""海宁观潮"，于是旁及"乾隆是海宁陈阁老的儿子"的旧案，且附加评论道："这一个满洲'英明之主'，原来竟是中国人掉的包，好不阔气，而且福气。不折一兵，不费一矢，单靠生殖机关便革了命，真是绝顶便宜。"鲁翁"中秋二愿"的第二愿便是"从此眼光离开脐下三寸"。

我所觉得怪异者，即使真的可以"拯救民族危难于床上"：既省刀兵，又赞"和平"，于床第之间即可颠倒狂澜，恢复我大汉血胤，有一个这样的传说就够了呀，比如，如确能证明顺治帝确系我汉人血统，则以下诸帝一脉相承，则自是我大汉血胤无疑；为什么要一而再，再而三地"秽乱"人家后宫，岂不多余？精神胜利法的本质无非是用虚幻的胜利把事实上的失败给填平，顺治、雍正、乾隆"为我汉种"云云玩得也无非精神胜利的把戏。

我们常沾沾自喜于我们如何"进步"了，其实在很多方面我们实在是并无长进的，这倒应了圣书中所言"已有的事后必再有，已行的事后必再行，日光底下并无新事"，比如时下风靡神州的抗日

"神剧"。真实的抗日如何艰苦卓绝皆可不管，日本鬼子当年如何竟势如破竹亦可不问，反正我们可以在电视剧里让它不堪一击，打得它落花流水。而我们观众只需于沙发上坐定，手握遥控器，便可"报仇雪恨"，用鲁迅的话说，"真是绝顶便宜"。

现在要交代一下写这篇文章最近的由头。我也是刚刚知道，美国人埃里克·白兹格得了本年度的诺贝尔化学奖，我们也"与有荣焉"。安徽某中学打出醒目告示："热烈祝贺我校女婿荣获 2014 年诺贝尔化学奖"。我既非皖人，也无在那所中学结业的光荣，但我籍江苏与安徽同属华东，谓白兹格为"华东女婿"我想应该不成什么问题；再不济，白兹格夫人既为安徽人，则当然同时也是中国人，这样一来，原来是我们中国的姑老爷得了诺贝尔奖，当然我们每一个中国人皆可分得一份光荣，这自然也应该不成什么问题。原来，我们不需刻苦，不需努力，亦不需劳心费时"培养出杰出人才"，只需……，即可染指诺贝尔奖的光荣，这岂不又是一件"绝顶便宜"的事！

只是细想起来，这份"光荣"竟暧昧得很！最起码首先得证明，白兹格先生若非有幸做了我们中国人的"东床"，绝不至于有今日。这证明起来就颇繁难，在我看来简直就不会有"证而明之"那一天；再者，此份"光荣"固然为女同胞暗示一条为己、为国"争光"的"捷径"（其实迂远得很），却让我们男同胞灰心，因为这愈发显得我们自己的没出息。还是让我们记住鲁迅的话吧："中国人是尊家族，尚血统的，但一面又喜欢和不相干的人们去攀亲……这不能算是体面的事情，男子汉，大丈夫，还当别有所能，别有所志。"

摄像头啊，摄像头

2001 年，是我中学教师生涯的最后一年，也是我在那所省重点中学、后来的国家级示范高中工作的最后一年。为了验收所谓的"国家级示范高中"，这一年学校不惜巨资购置了闭路电视系统，并为全校一百多间教室安装了摄像头。高科技使校领导只需坐在总控制室里就可以随心所欲地把任何一位教师的教学全过程尽收眼底，而教师本人还蒙在鼓里。即使真的就能使教学呈现新气象，如果这样的新气象竟然是以侵犯教师的尊严、剥夺教师的权利换来的，不也值得商量？但一个副校长在大会上说，只要你心里没鬼，勤恳教学，你还怕人看？凡是不想被人看的，都是心里有鬼的、水平有问题的、不安心工作的。坐在前面讲话的是领导，我们老师却觉得是"秀才遇见了兵"！为了写这篇小文，我特地联系了当年的同事，得知教室里的大多数摄像头还在，是不是还在使用，老师们也不得而知。

玛格利特的《正派社会》被称为继罗尔斯的《正义论》之后最重要的一部有关社会正义的著作，正是在这本书里他提出了"制度性羞辱"的概念。玛格利特区分了文明社会和正派社会：

在文明社会里，人与人之间互相不羞辱；在正派社会里，制度不羞辱人。

很显然，"制度性羞辱"比日常的人际羞辱对社会肌体的危害更大。人际羞辱带有偶发性和暂时性，一旦羞辱过去了，时间一长就如烟云过眼；而制度性羞辱带有长期性、一贯性，长期处于制度性羞辱的淫威之下，社会整体的羞耻感就会渐趋麻木，遭受羞辱也就没有人会在意。我个人觉得，普遍存在的针对教师的"非人性化"的教学管理（管制），势必会使教师这一群体的灵魂渐趋麻木与冷漠。以私意度之，摄像头这种"物化"了的制度所以能得以畅行无忌，不全是权力的淫威的结果，教师群体对切身权利的麻木想必也是重要的原因，毕竟与早先就普遍存在的诸多针对教师的"制度性羞辱"相比，摄像头这种"物化"的制度，原不算最厉害的，甚至也不算是较为厉害的。

我写这篇小文的最近的缘由说来让人丧气，时隔十多年之后，我再一次领教了高科技摄像头的威力。我现任职的高校的每一间教室也装上了摄像头。原本因为"标准化考场建设"而安装的摄像头，却如我们当初预料的那样，果然附加了对教师和学生的上课进行全程监控的功能。好在我们的社会毕竟在进步，BBS上教师和学生的抵制情绪不断发酵还是引起了校方的重视，校方且就此专门咨询了相关律师，而律师言"法律并无不准在教室安装监控设备的明文规定"。于是，"依法办事"，在教室安摄像头非但合理合法，而且应当应分。

需要说明的是，我对教室里装摄像头这事本身早不像十多年前那么义愤填膺。这自然有年龄的因素，血气既衰，我早已不再是当

97

年那个一点就着的愤怒青年；但更重要的原因毋宁是我已然意识到我对头顶上摄像头的反感和抵制只是我的"意见"，而我的"意见"未必就是真理。不是已经有学者认为教室是公共场所，不是哪个教师的私人空间吗？所以在此问题尚存争议，短时间难有定论之前，我愿意接受这样的制度安排，而保留我的反对意见。

但对领导同志从律师那里拿来的安装摄像头的"法律依据"，我还是有话要说。作为一名教师，我一直以讲道理，且能把道理讲深、讲透自我期许。我觉得领导同志混淆了"权力"和"权利"两个概念。这两个词在汉语中发音相同，因而常被有意无意地混同，在英语中却泾渭分明。就大的范围来讲，政府拥有的"权力"叫 power，公民享有的"权利"叫 right，就小的范围来讲，比如一所学校里，校方的权力叫 power，教师们的权利叫 right。在文明社会，基于"权利优先"及"权力制衡"的理念，划定 power 和 right 的边界有一个基本原则，对于权力（power）而言，是"法无授权不可行"，也就是说，只要法律没有明确规定"权力"可以做的，权力都不可以做；而对于权利（right）而言，是"法无禁止即可行"，即只要法律没有明文禁止的，权利都可以做。若循权力"法无授权不可行"原则，"法律并无不准在教室安装监控设备的明文规定"非但不可以拿来作为在教室安装摄像头的依据，反而恰恰证明了此行为"于法无据"，而"于法无据"，对于权力而言，即为非法。

电影《肖申克的救赎》中，狱友瑞德对安迪谈囚犯和监狱的关系：

监狱是个有趣的地方，开始你恨它，接着你适应它，日子久了你开始离不开它。

像是要为瑞德这句话做注解，电影中另一个狱友老布在坐了五十多年监狱之后，离开监狱就再也无法生活。我已然发现我对头顶的摄像头已经不再有抵制（恨），而是已经在开始习惯（适应）它，接下来，也许就是将来有一天，没有了摄像头在上面看着我，我反而无法开始自己的讲授。瑞德这句话其实描述了人如何一步步被"体制"吸纳的过程，而监狱和摄像头，在社会学的意义上，都是体制的具象化。

第 三 辑

"本质上不坏"

　　汉语中有很多模糊表述，极有厘清的必要，"本质上不坏"即是其中之一。远则有几年前赵本山如此为满文军"求情"，稍近又有某网络红人亦曾以此理由为李姓公子辩护，最近的则是在"李代沫事件"中，"本质上不坏"的辩护理由又频繁"出镜"。现在满文军事件已是陈年往事，李公子一案也已尘埃落定，然尚无人从学理层面对"本质上不坏"的辩护理由予以辨析，所以我觉得仍有饶舌的必要。

　　给明星和公子等说情没有问题，希望公众给他们一次改正错误的机会也没有问题，只是给出的理由似嫌牵强。什么叫"本质上不坏"？说一个人"本质上不坏"，预设了一个不大能够站得住脚的前提，那就是这个世界上有些人"本质"上就是"坏"的，或者说有些人身上固有一种叫作"坏"的本质。这样的前提如果成立，对那些"本质"上就"坏"的人做了"坏"事，我们是没有办法也没有理由进行道德纠责和司法惩戒的。其一，一个人身上具有何种"本质"，就像出身于何种背景的家庭，是他无法选择的，因为他是"被生到这个世界上来"的，他不能为他身上具有什么样的"本质"负责；其二，一个人如果本质上就是"坏"的，我们就不能指望他会做好事，一个在"本质"上就"坏"的人只会做坏事。

萨特在解释存在主义的基本立场时说过一句话："懦夫使自己成为懦夫，英雄使自己成为英雄。"萨特的意思是，一个人所以是懦夫，不是因为他身上具有某种我们可以称之为懦夫气质或本质的东西，而是因为他选择了懦夫的行为，他是通过自己的行动成为一个懦夫的；一个人所以是英雄，也不是因为他身上具有某种英雄的本质，而是因为他选择了英雄的行为，他通过行动成为英雄。同理，这个世界上也许根本就不存在"本质"上就"坏"的人。一个人的德行是他所有的行为选择的总和，不好把歌星和公子的"这次错误"排除在外以后再强调他"本质"上是个"好"人。一个人该受道德谴责和司法惩戒，不是因为他"本质"上是个"坏"人，而是因为他做了"坏"事，这也就是马克斯·韦伯所说的"责任伦理"。

而本质上"好坏""好人、坏人"云云则是责任伦理的反面，韦伯谓之"意图伦理"。动辄质问"居心何在"，认为立场决定态度，态度产生思想，思想又决定行为的意图伦理在新中国成立后数十年里曾大行其道，制造出越来越多的"坏人""敌人"，可谓殷鉴不远。

为善与为恶

正在热播的电视剧《红高粱》第十四集中，县长朱豪三诱杀四奎，把余占鳌"逼上梁山"，上山拉了杆子。四奎娘知道干儿子余占鳌此番已经是铁了心要当土匪，对余占鳌说了一句话："娘要教你当坏人呢，那坏人明明当不得；娘要教你当好人呢，那四奎就是下场。"剧中四奎娘固是一字不识的乡下老太，编剧却难免掉掉书袋，四奎娘此语竟有所本。

东汉末宦官专权，捕杀党人，范滂因之下狱死。《后汉书·范滂传》记范滂临刑前谓其子曰："吾欲使汝为恶，则恶不可为；使汝为善，则我不为恶。"意思是说，我若教你做恶人、行恶事，恶人、恶事明显不该做；我若教你为善人、做善事，我倒是终身不为恶，然而却落得这样的下场。

在一个乾坤淆乱、价值失序的社会里，总难免此类当好人还是当坏人的两难吧。

《世说新语》"贤媛"门有"赵母嫁女"条：

赵母嫁女，女临去，敕之曰："慎勿为好。"女曰：

105

"不为好，可为恶邪?"母曰："好尚不可为，其况恶乎?"

翻成白话大意是：赵母嫁女，女儿临走时，赵母再三叮嘱女儿说："女儿啊，以后凡事需谨慎，千万别做好事啊!"女不解，问母亲："娘啊，您不让我做好事，难道要我去做坏事么?"赵母说："好事尚且都不能做，怎么能去做坏事呢?"范滂的临终纠结及赵母的"女诫"，正可让我们窥见暗潮涌动的中国历史的阴森之影。

羞　愧

　　发小张成三十五岁之前一直在北方某城市做清洁工。张成最起码是我见过的最向往文化,也最尊敬文化人的中国清洁工了。三十五岁那年,张成通过自学取得本科学历,便再也不愿做清洁工。之后十多年,他在各个文化单位游走。做过文员,一年到头有做不完的假材料,写不完的虚假文案;做过编辑,其实就是为各种名目的文化公司做名家的伪书、盗版书;还做过媒体的记者,曾被要求拿新闻线索敲诈涉事单位或个人,他们的行话叫"抹";还在某个学校短期代课,为迎接省里的什么"合格学校验收",差不多什么都是假的:教室里的课程表是假的,因为从未被执行过;连班级的学生数都是假的,成绩不好的同学被动员回家,以使班里的学生数符合省里的标准。按学校的要求,班主任"谆谆"告诫学生,如果验收组问起来,该如何如何说(说的当然是瞎话),这已经不是教育,而是教唆!

　　张成对着我这个他眼中的资深"文化"人感叹:"以前做清洁工的时候,总以为做个文化人就是高尚的,哪想到弄脏文化的正是'文化'人!"张成向我表示:如果时光倒回十年,他情愿去做清洁工。

我明白我的这个发小的意思了：清洁工是在"清洁"这个世界，文化人却在"糟蹋"这个世界，还让人如何维持对于"文化"的尊重与信赖！

张成所遭遇的那些伪诈，可以说在所谓的"文化"单位无日无之；只是我们身为"文化人"，为了手中的可怜的"饭碗"，已渐渐习惯于容忍、迎合各种悖谬与荒诞，以表明自己是一个成熟的、听话的、服从的好员工，所以应该过上"安稳"的生活。

我读研时一师兄现在已混成某地方台健康类节目的制片人。看了他的几期节目之后，我这个时代的"落伍者"像是发现了"新大陆"："你的节目就是变相广告嘛！"他倒也坦率："无利不起早，哪个医院给钱就替哪个医院吹。"又何止是我的师兄的健康类节目，某些教育类节目是哪个学校给钱就替哪个学校吹；房产类节目是哪个地产商给钱就替哪个地产商吹；汽车类节目是哪个 4S 店给钱就替哪个 4S 店吹……

上班路上有个早点摊，摊主是母女俩，风里雨里，迎来送往，有些年头了。那水晶包是地道的本地口味，焦黄焦黄的诱人食欲；她们的小米粥也熬得匀溜溜的，让人想到郑板桥所说的"暖老温贫"。喝上她们的小米粥，吃上她们的水晶包，一天都会有个好心情。突然有一天，城管来了，说是户外经营，不卫生，于是就"取缔"了。清晨上班，还会经过那个路口，只是再也看不到那对干净利落的母女。我觉得她们对这个社会的贡献是那么切实，记忆中那水晶包和小米粥足以让我这个"文化人"油然而生羞愧！

清人吴敬梓写《儒林外史》，褐橥士林之丑，末尾却以士林之外的四个市井奇人来收束全篇，其中有深意存焉。这四个人，一个是卖字为生的季遇年，一个是卖火纸筒的王太，一个是开茶馆的盖宽，一个是裁缝荆元。四人所操职业不同，但其一，他们原都有进入士林文化圈的"资本"（季遇年善书，王太善弈，盖宽善画，荆元善琴）而自甘"贱业"；其二，他们都是靠傍身的手艺切切实实自食其力的人；其三，他们都不乐与士人（文化人）往还。

我们系里负责每天打扫楼梯、楼道、厕所的是一个六十多岁的大妈。没有人会把她当作系里的一个员工；年终发福利的时候，办公室主任的发放清单上也不会有她的名字。每每在楼道里碰到我们这些"文化人"，老人的脸上总是露出谦卑的笑容，我们也一直心安理得地享受着这份尊重甚或仰望。如今思之，真是羞愧难当！我愿意以一个所谓的"文化人"万分羞赧的心情，向她，也向所有的普通劳动者深鞠一躬，献上一份敬意和愧疚！

生二毛的理由

关于生二毛的最不靠谱的理由，我是从老李的口中得知的。去年暑热，邻居兼同事老李利用世界杯英格兰对阵比利时那场比赛的中场间隙，猛灌一大口啤酒后，对我掏了心窝子。老李的夫人比老李小五岁，然也过了四十，倘再不下决断，再过两年，即使想生，只恐夫人的身体条件已不允许。但老李夫人整日唠叨的所以急着要生二毛的理由，却让老李哭笑不得："不生二毛，等过两年闺女上了大学，你就不要我了！"老李的女儿在本市最好的中学读高一。我和老李供职的单位确已有好几对夫妇在孩子高考结束后就办了离婚手续。据说是来自首善之区北京市某区民政部门的数据，高考后二十天的离婚量竟是高考前二十天的 2.3 倍。

鲁迅先生有一次曾讲到中国的孩子总难免做材料的命运。鲁迅说：

中国娶妻早是福气，儿子多也是福气。所有小孩，只是他父母福气的材料，并非将来的"人"的萌芽。

然以鲁迅之洞烛幽微，也未必能料到，若干年后，在中国，孩子"这块材料"非唯可以"助力经济"，亦且具"解决父母感情问题，维系父母婚姻关系"的新功能。刘震云《一句顶一万句》中有句话：

> 街上的事，一件事就是一件事；家里的事，一件事扯
> 着八件事。

夫妻间的事，不要说清官难断，只恐神仙都要束手，老李夫人却期之"二毛"，岂不笑话！因此，我对老李的建议是：生二毛可以，而且要尽快；但不能视二毛为工具，那样也对不起还未出世的孩子。

我意中生二毛的最靠谱的理由，得自四川遂宁一对夫妇。这对贫穷夫妇因为生了十一个娃，在 2015 年 2 月，经媒体褐橥，成为全国人民声讨的对象。那个时候，全面二胎尚未放开，"一孩"政策尚有硬度，这对夫妻一句"存钱不如存人"更是成为传遍全国的大笑话。生十一个娃固然不足为训，然"存钱不如存人"这句"糙"话里却也许包含了对生命的传承与延续的朴素理解，只须更动一字，"留钱不如留人"，就可作为所以要"生二毛"的最坚实的理由。

据我所知，很多人对"一孩"政策的不安，是从对语言的"恐慌"开始的。如果每家只生一个持续下去，则要不了多少年，汉语中哥、姐、弟、妹，以至舅、姑、姨、叔、表哥、表姐、表弟、表妹、堂哥、堂姐、堂弟、堂妹这些词语将统统失效。一旦父母百年之后，每一个人都是这个世界上孤零零的存在者——毕竟，血缘亲情有其他社会关系所不可替代者。老实交代，我以近五之年，虽经犹豫，最终决定"老夫聊发"，就是因了我夫人的一句话："没有二毛，等我们将来都不在了，宝宝就只是一个人了。"夫人语带哽咽，

我听了也不禁鼻子发酸。除父母之外无任何血亲，该是何样一种冷寂与荒凉！现在，拜上苍护佑，二毛已经快两岁了。累是真累啊，但每想到这是在给孩子"留人"的百年大计，再累也没理由叫苦啊。

关于生二毛的次靠谱的理由则攸关大毛的成长。二毛出生两天后，我接上下了晚自习的大毛到医院看她妈妈和二毛。一路上，她不停地问"二毛还好吧"，我说"好着呢"；"二毛不缺什么吧"，我说"四肢俱全，眉眼耳鼻口，甚都不缺"。到病房的时候，我说："二毛，姐姐来看我们喽。"熟睡中的二毛像大人一样打了个哈欠。我注意到大毛看二毛的眼神里满满的都是疼爱与怜惜。很多父母担心大毛会排斥二毛，完全是我们大人的居心；要相信血脉相连，要相信血浓于水。

我觉得二毛出生后，大毛的成长才真正起步。一个人的人格长成是从对比自己更弱小的生命的怜惜与呵护开始的。每天上学前都要亲一亲二毛才舍得走；每天放学后的第一件事是看二毛，逗逗二毛。二毛取代大毛成为全家的中心，这个事实让大毛明白，自己不必是这个世界的中心，自己也可以以别人为中心；而且因为是出于爱，心甘情愿，无怨无尤。

正是在这个意义上，我经常讲：二毛是我们的孩子。这"我们"，包括我和我夫人，也包括大毛。

《阿Q正传》三题

分而治之

未庄的奴隶世界也是被分了等级的。比如在阿Q眼中，王胡就是比他更低一等的奴隶。看到王胡在墙根下晒太阳、捉虱子，阿Q便并排坐下去，"倘是别的闲人，阿Q本不敢大意坐下去，但这王胡旁边，他有什么怕的呢！他肯坐下去，简直还是抬举他"；至于小D，在阿Q眼中，则连王胡还不如，"我手执钢鞭将你打"。

都是奴隶，阶级兄弟啊，本应联合起来，同仇敌忾啊，相煎何太急！

然赵太爷、钱太爷就绝不会这么看。奴隶的世界才好统治；奴隶的世界为什么好统治，就是因为奴隶之间也被分出三六九等。

这里就涉及中国自古以来的统治术，曰"分而治之"。

大清康熙朝，本朝最大的两个权臣明珠和索额图长期不和，明争暗斗不止。以康熙之英明神武为什么竟听之任之？殊不知这正是康熙的英明神武处。设若明相跟索相亲密无间，或尽释前嫌，言归

113

于好，估计康熙就要睡不好觉了吧——两大权臣"会师"一处，所谓尾大不掉，康熙还能指挥如意，操控他们于股掌之上吗?! 所以对于明相跟索相之间的不和，非唯听之任之，有时甚至要推波助澜。比如给这个奴才一点好颜色，让那个奴才内心泛酸水; 过段时间，再多召见那个奴才"密对"几次，让这个奴才恨得牙痒痒。权力平衡那点事，运用之妙，存乎康熙一心。

懂得了这个道理，就该知道，向领导打小报告、告密是多么愚蠢的行为! 你以为领导会为你保密，实际情况却是，过不了几天，领导碰到我就会跟我讲：老丁啊，交友要小心啊，人心隔肚皮啊，心里有数就可以了啊……躲闪游移，含糊其词，绝不指名道姓，以能让我听出是谁又在他（她）那儿给我下了蛆为限。

这岂不是在下属之间制造矛盾吗? 然千万不要怀疑该领导的政治品格，他（她）只是在有意无意运用中国自古以来的统治术而已。

给学生讲《阿Q正传》时讲到这里，我忍不住跟学生们开了个玩笑：这下你们该知道，你们的辅导员、班主任为什么热衷于在班级里搞各种评比和排名了吧?!

就是要把你们分出三六九等，就是不能让你们"平等"。你们平等了，相亲相爱一家人，估计你们的辅导员、班主任的睡眠质量也就堪忧。

自然，这只是个玩笑而已。

"很满意"

在人事部门工作的小李跟我讲了他的一个困惑。每到年终岁尾，他都会奉命到下属部门，对部门领导的工作进行民意测验，民测的结果则作为对该领导进行年度考核的一个重要衡量。届时每个员工会领到一张表格，表格上有领导的名字，员工只需在"很满意""满意""基本满意""不满意"下面打"√"即可。他的困惑是：那么多年来，在收上来的表格中，几乎所有下属部门的所有员工都在"很满意"下面打"√"，也就是表示对领导的工作"很满意"。投票不记名，除了一个"√"，员工也不需在表格上留下任何字迹；显然不可能所有员工对领导的工作都"很满意"，有的部门的领导还民怨不小，这些情况人事部门都有掌握。也就是说，按理民测的结果不至如此"圆满"，然又何以如此"圆满"？

有些人是喝了点酒之后就忘记自己姓什么；阿Q则反是，喝了点酒之后记起了自己姓什么。那回阿Q喝了两碗黄酒之后，便说自己姓赵，"和赵太爷原来是本家，而且细细排起来，他还比秀才长三辈"。秀才是赵太爷的儿子，这样算下来，赵太爷就成了阿Q的孙子辈。那时虽没有手机，没有微信，信息传导可以分、秒甚至微秒计，但这个消息还是以邹七嫂家那条黑狗奔跑的速度传到了赵太爷的耳朵里。

下面的情节，读过《阿Q正传》的应该都知道，长话短说："赵"岂是人人姓得的，天字第一号，百家姓排第一啊！阿Q为他的这次不知天高地厚的胡言乱语付出的代价是挨了赵太爷一个嘴巴："你怎么会姓赵，你哪里配姓赵"；又赔了地保两百文酒钱。

阿Q之"姓赵"，既经赵太爷否决，以赵太爷在未庄之"德隆望尊"、一言九鼎，已再无置疑的余地。但事情很奇怪，自从这件事情之后，未庄的人对于阿Q"仿佛格外尊敬些"。这又是怎么回事呢？鲁迅解释："阿Q说是赵太爷的本家，虽然挨了打，大家也还怕

115

有些真，总不如尊敬一些稳当。"

也就是说，未庄人内心的算计是，既经赵太爷否认，阿Q自然基本上不可能"姓赵"；但万一，万万一……阿Q真的姓赵呢……毕竟赵太爷也没有拿出阿Q"不姓赵"的可靠证据，比如出示阿Q的身份证，上面明明写着"姓刘"；或者找到阿Q的父亲，而阿Q的父亲说自己"姓张"。所以，为稳妥起见，不管他三七二十八，还是"尊敬一些"来得稳妥、安全，王八蛋才给自己惹麻烦呢！

听完我的一番专业灌水，小李做出一脸的恍然大悟状："您的意思是说，虽说是无记名，程序上也基本能保证为投票者保密，就算在'不满意'下打'√'，也基本不会为人所知；但万一，万万一……总不如在'很满意'下面打'√'来得稳当。谁给自己惹麻烦谁是王八蛋啊。"

我说："孺子可教也。"

你可以说，这种"万万一……总不如……"的算计是投机，是卑怯，是苟且，是无特操，反正没有一个好词，都是"恶谥"，但背后的深因却又未可深责。人们不过是借在"很满意"下面打"√"表达一种卑微的、平实的祈愿：我顺从，我配合，我奉命唯谨，我不给自己找麻烦，所以应该过上安宁的、安静的、安全的生活。

谁还没有过几次笔尖在"不满意"下犹豫两秒，又在"基本满意"下犹豫六秒，又在"满意"下犹豫十秒，最后还是不管他三七二十八，在"很满意"下打上"√"的"宝贵"经验呢，是不是？

各取所需

本市有结婚"闹老公公"的所谓"习俗"。老公公、老婆婆皆戴高帽，涂花脸，老公公胸前挂红纸牌，上写"我要扒灰"，老婆婆则胸前挂两醋瓶，表示"我要吃醋"，招摇过村，过市，观者如堵，其乐融融，了不以为耻！

此种不堪入目的陋俗、恶俗为何竟能长盛不衰，且愈演愈烈，已有向周边徐淮盐连各市蔓延的趋势？

《阿Q正传》第三章写阿Q酒店前当众调戏小尼姑。我们记得那次王胡打阿Q，要拉阿Q到墙上碰头时，阿Q说过"君子动口不动手"；但对更为弱小的小尼姑，阿Q自己却不唯动口，亦且动手，摸了小尼姑新剃的头皮，又拧了小尼姑的面颊，可谓大肆其轻薄。写了这些之后，鲁迅意味深长地写了两句："阿Q十分得意地笑了，酒店里的人九分得意地笑了。"阿Q的"得意"为什么是"十分"，当然是因为他亲自实施了对小尼姑的调戏；围观、赏鉴阿Q这一行为的酒店里的闲人们有没有调戏小尼姑？表面上看起来好像没有，其实却不然！闲人们也调戏了小尼姑。闲人们是通过阿Q间接地实施了对小尼姑的调戏；但毕竟没有亲自上手，所以"得意"也就稍逊阿Q，减一分而成"九分"。然不管"十分""九分"都只是程度上的不同，而无本质区别。一句话，闲人们和阿Q其实乃一路货色也！

且若细究起来，闲人们的卑劣还要胜过阿Q。阿Q固然卑劣，然调戏弱小的小尼姑，固然不需什么大勇，也还是需要点"小勇"的；而闲人们却于醉眼陶然之余，坐收"得意"之利，且不需要承担任何责任。小尼姑即使报警，恐未庄派出所也只能拿阿Q是问，而拿那些围观、赏鉴的闲人们没辙！

现在可以回到刚才提出的问题了：结婚"闹老公公"为何竟能长盛不衰？话说穿了，老公公意淫儿媳，而"观礼"者亦通过"闹

117

老公公”间接地意淫了别人的儿媳！各取所需，多方共“淫”，宜其长盛不衰也。

陋俗、恶俗比之“良俗”更是照见大众集体无意识的一面镜子！然而，本市诸多陋俗、恶俗中，最让人不堪其扰的还不是“闹老公公”，而是“半夜搬家”。“半夜搬家”本与我无涉，你就是搬到天上去也是你的自由；然搬家必放炮仗，以短或数十秒，长或数分钟一串鞭炮庆贺“乔迁之喜”，小区几千号人于是不得不从沉沉睡乡中醒目回神，“被”与其同乐。长年累月如此，真真是不胜其扰！

多次找物业理论无效，有一回，我干脆报警，小警察答复曰：本地风俗如此，没有办法。我忍不住怼了他一下：缠足也曾经是风俗，也没见本市有谁回家把家里的女眷都裹上啊。

风俗，风俗，多少令人无语的无聊、无赖、无耻假汝之名以行。

买单规避学

据我所知，现在很多孩子零花钱的来源是帮做家务而从父母那里取得的"劳务报酬"。此举除了培养孩子的劳动习惯外，我觉得还隐藏着一个关于人生价值的"常识"，那就是"花自己挣的钱才是体面的事情"。只是吊诡之处在于我们愿意把这样的关于人生价值的"常识"有意无意传授给孩子，我们成人自己却未必能够"躬而行之"！

中国社会的价值"漂移"常常让人瞠目，久而久之，则见惯不怪。成人世界中，"花自己挣的钱"往往成为最不体面的事情。比如说吧，有一段时间，我是经常下馆子吃饭，或者是"有朋自远方来"，需尽地主之谊；或者是拿了稿费，乐得"与人同乐"。像我这样好喝几杯的人中间流行一个词叫"酒架子"——有人来"叨扰"，那是替我搭起了"酒架子"，何怨尤之有？酒酣耳热，道弟称兄，"和谐"气氛，因酒而成。要之，花自己的钱，我觉得理直气壮。

后来知道，我已是别人眼中的"傻×"久矣。因为除了傻×，现在还有谁动不动自掏腰包请人吃饭！聪明人都是吃饭不掏钱，至于如何才能"吃饭不掏钱"，据说其中颇有学问，姑且名之为"买单规避学"吧。

"买单规避学"的初级固然也可达到"逃单"的目的，然因其近于要赖，于体面有损，故不足为训。要点如次：其一曰酒醉法。数杯下肚，不省人事，大抵能逃单成功；其二曰手机法。差不多酒足饭饱的时候，手机突响，家有急事。当然这招得老婆大人配合才行；其三曰厕所法。"于宽坐离席之前，飞快跑向厕所，跑时以手掩嘴，紧夹双腿，给人以十万火急的印象，到厕所之后，解带宽衣，慢条斯理，然后，在水池边洗上几次小手，最后悠然探出小脖儿，直到看见有人买单之后，就可以急步而出了。"此外尚有装聋作哑法、划卡法等名目，一时也难以尽述。周立波讲过一种逃避买单的经验，当然也只属于初级，但却算是初级里较有技术难度者，姑且称之为"反关节操作法"吧："我来，我来"的声音可以叫得比任何人响，但必须记住的是，伸出右手拦住别人，而用左手去掏右边口袋里的"钱包"；反之，即伸出左手拦住别的买单者，而用右手去掏左边口袋里的"钱包"亦可。记得周立波说得眉飞色舞，看来这小子当年肯定没少白吃。

　　"买单规避学"的中级阶段较之初级较为体面。如果套用一句成语，中级阶段的秘密全在"嫁单于人"。"祸"可"嫁"，我是知道的；吃饭的"单子"也可"嫁"之，我也是最近才听说，且当时一头雾水。向我传授"买单规避学"的老李看我不解，悠悠吐出几个烟圈，举例说明道：医生吃饭可以"请"病人家属"作陪"，病人家属必心领神会，付账如仪。而且医生这样做基本不会"失手"，病人就是握在医生手里的"人质"啊。我一听，"活学活用"道："那我以后碰到抹不开面子的时候，可以请学生家长作陪，学生也是我手中的人质啊！"老李大笑说：孺子可教也。天地良心，我只是"嘴"上谈兵，从未付诸实践过。一顿饭动辄几百上千，家长如果同时是大款，自然不在话下；如若只是我这样的工薪阶层，一顿饭没准就伤筋动骨了。

"买单规避学"的高级阶段是"策动公务宴请"。严格讲来，"策动公务宴请"用的也是中级阶段的"嫁单于人"法，只不过"嫁单"的对象不同罢了。只是此番"嫁者"与"被嫁者"皆无心理负担，因为买单的是并不在场的第三者"公家"，于是酒非三五百元一瓶的不喝，菜嘛，"鸡鸭鱼肉赶下台，王八毒蛇爬上来；燕窝熊掌才够味，虎鞭飞鹰最气派"，宴席的规格也就因之上扬。这些都绝非普通的"嫁单"所可臻之妙境，故于一般的"嫁单于人"中脱颖而出，独属一类。有首民谣："团结你我他，共同吃国家。你吃他也吃，为何我不吃？不吃白不吃，吃了也白吃。白吃谁不吃，白痴才不吃。"我想这"白吃"的主体并非全是老爷们，也有成功"策动公务宴请"的资深"买单规避学"实践家。不得不再说一句"天地良心"，这招"策动公务宴请"，本人亦未曾付诸实践。

难得"认真"

迹近泛滥的扇面上的"难得糊涂"四字，让我一直觉得好生奇怪。一个三妻四妾的官老爷当然可以奉"服药千朝，不如独寝一宵"为养生玉律，如果一个老鳏夫也大谈"节欲"的养生之道，却只好让人掩口胡卢。我的意思是，要论糊涂，马虎、苟且、得过且过，我们到处都是，何谓"难得"？我们社会真正"难得"的毋宁不是"糊涂"，而是稀里糊涂、得过且过的反面——"认真"。

鲁迅自称属于"牙痛党"。牙痛虽不致命，却也困扰鲁迅多年，且加深了鲁迅对中医的怀疑与排拒。1925 年，鲁迅在《忽然想到》中说：

> 我幼时曾经牙痛，历试诸方，只有用细辛者稍有效，但也不过麻痹片刻，不是对症药。至于拔牙的所谓"离骨散"，乃是理想之谈，实际上并没有。西法的牙医一到，这才根本解决了；但在中国人手里一再传，又每每只学得镶补而忘了去腐杀菌，仍复渐渐地靠不住起来。牙痛了两千年，敷敷衍衍不想一个好方法，别人想出来了，却又不肯

好好地学。

印象中这是鲁迅第一次言及中国人的敷衍与不认真。

鲁迅的牙痛后来是在日本的长崎治好的。日本的牙医自然也是学的西方，但日本人善模仿，而且是认认真真、切切实实、绝不敷衍的模仿。无须讳言，鲁迅对国人敷衍与不认真的批评隐然有以日本人的认真作为参照之意。

1932 年 11 月，鲁迅从上海回北平探母期间，在北平辅仁大学发表题为"今春的两种感想"的演讲。谈到本年上海"一·二八"事变期间，有中国青年因为家中或身上搜出抗日的徽章和练操的操衣而被日本兵杀害的事，附加评论道：

> 像这一班青年被杀，大家大为不平，以为日人太残酷，其实全是因为脾气不同的缘故。日人太认真，而中国人却太不认真。中国的事情往往是招牌一挂就算成功了，日本则不然。他们不像中国这样只是作戏似的。日本人一看见有徽章有操衣的，便以为他们一定是真在抗日的人，当然要认为是劲敌。这样不认真的同认真的碰在一起，倒霉是必然的。

在民族生死存亡关头，鲁迅依然为"敌人"的认真叫好，"服人之善，而不知己有一毫之善"正是鲁迅那辈人不可及处。

如今距离鲁迅生活的时代八十多年过去了，要说我们没有长进那是不客观的，比如飞船上天，地面遥控，精确度可以分秒不差。但这种在涉及"国家脸面"的政治任务中的"认真"精神远没有成为被普遍遵循的风气。新华社高级记者许博渊曾撰文讲述自己装修房子的不愉快经历。工人安装沙发的时候，许先生发现一张沙发的扶手晃动，就说："师傅，这个扶手没有固定好。"工人说有点晃动没有关系，不影响坐。许先生恳求说，还是加固一下吧。工人才把它卸下来，将里边的一个螺丝拧了一拧，重新装上，于是纹丝不动，前后不到三分钟。可见沙发本身制作没有问题，设计也没有问题，是安装没有按照操作规程办，马虎了。许先生后来又发现床不稳当，床头晃动。低头朝床底下观察，发现这床的设计是合理的，一共有三个固定点将床架和床头板连接起来，每个固定点有三个螺丝，一共是九个螺丝。而安装的工人只在左右两边各拧了一个螺丝，少拧了七个螺丝……

"不认真"不像"精神胜利法""麻木卑怯"可以做成很深刻的文章，语妙天下，且说得多了，还显得絮絮叨叨，招人烦厌，但却可能是比精神胜利法、麻木卑怯更为迫切需要救护的民族精神顽疾。说它关乎国运，也许会被指为迂阔；然所谓"大风起于青蘋之末"，很多灾难的发生，也许只是肇源于不起眼的疏忽与麻痹——一场惨烈的车祸也许只是因为司机看了眼手机或点了一支烟；电梯吞人，也许只是由于多个甚至一个螺丝没有拧紧；举世震惊的大爆炸最初始的原因也许只是一个阀门没关严，或保管人员打了一个盹呢！

我像鲁迅当年一样，对我们的东邻日本向来怀有复杂的情感。这个民族历史上给我们造成过深重苦难，其国民精神亦有其偏狭处，以致经常让我们怒不可遏；但这个民族的认真、专业的敬业精神又让人深佩。类似于"日本的自来水拧开水龙头就可以喝"之类的传说很多，我没有亲见，姑且就当是传说，但1976年唐山大地震之后，一片废墟中，孤零零地站着的只有几栋二十世纪初日本人建的楼房，而这，可不是传说。切身来讲，当年渴望拥有一台日本产的爱华随身听而不得，成为我苦涩青春的一个标志。我的言论一定让很多"爱国者"不爽，但我的意见是我们要做有出息的爱国者；而有出息的爱国者在责人之恶的同时，绝不会藏人之善；不然，像鲁迅当年所说的"因为多年受着侵略，就和这洋气为仇；更进一步，则故意和这'洋气'反一调：他们活动，我偏静坐；他们讲科学，我偏扶乩；他们穿短衣，我偏着长衫；他们重卫生，我偏吃苍蝇；他们壮健，我偏生病"，那就真是没出息的一钱不值的"爱国者"了。

病 中 记

前年的春节是在医院过的，今年的春节又是在医院过的，让人禁不住就会去想，明年的春节将会在哪一个医院过？过年生病难道也如同逢年过节给情人、领导送礼，属"前例既开，欲罢不能"？

肯定不会是我一个人有这样的发现：即使在过年的时候，人气最火爆的也不是大街上，而是医院中。那么，是大街，还是医院，更多地代表着世界、人生的真相？确实，大街到处都是；而医院，就算一座城市再大，又能有几所！然人生问题不是算术。我想，这个问题，若是让写了《红楼梦》的雪芹先生来答，那结果就必会跟我们常人有所不同。

"现在医学那么发达"几乎已成为一句口头禅，用来宽解别人，也勉励自己。其实，医学的"发达"多体现在检测手段的进步上。越来越多的病被"检测"出来，而若论起疗治，医学的进步却实在是有限的。多数，甚至绝大多数的病痛还要靠我们人自己来受，来熬，来扛。相对于人的身体这点奥秘，医学的那点发现与发明简直是微不足道的。一个诚实的从医者，或比其他学科领域的人更能意会理性的局限与科学的边界，从而对生命的奥秘，对"无限空间的

126

永恒沉默"存一份敬畏之心。冯唐在获得中国顶尖的医科大学的临床医学博士学位之后，却毅然决然地弃医从商，从文，这曾令无数人惋惜、不解。当被指责对医学太没信心太过虚无时，冯唐的回答是："现代医学科学这么多年了，还没治愈感冒。"

病中无聊赖，只好乱翻书。带到医院的书里有一本李渔的《闲情偶寄》。那天随手翻到卷十五《颐养部》的《贫贱行乐之法》：

> 我以为贫，更有贫于我者；我以为贱，更有贱于我者；我以妻子为累，尚有鳏寡孤独之民，求为妻子之累而不能者；我以胼胝为劳，尚有身系狱廷，荒芜田地，求安耕凿之生而不可得者。以此居心，则苦海尽成乐地。

李渔妙人妙语。笠翁讽世之语，似乎未可以"心灵鸡汤"目之，然却挡不住时下各路"鸡汤"文援为典据。若视笠翁"贫贱行乐"为心灵鸡汤、人生指南，我这回就可据李氏语顺推出"我以为病，更有病于我者"。在经过数次检查，基本排除让人谈之色变的"恶疾"后，我是不是该到楼上的肿瘤病区转一圈，那里基本上就是人与这个世界的最后分水岭，然后收获满满的幸福感而归?! ——我的幸福岂可建立于别人的痛苦之上？别人的"倒霉"怎么可以成为我幸福感的源泉？有一种"鸡汤"，与其说是生活"智慧"，毋宁说是险恶"心术"。

比，一个"比"字里，尽有世态炎凉与人性亏欠。痛苦与烦恼，缘于"比"，别人比我有钱，比我健康，比我成功，比我走运，于是见不得别人"好"；幸福与满足，竟也可能缘于"比"，自己是否幸福，端要看周围是否有，有多少人比我更倒霉！于是乐见别人"坏"。

起初只是中耳炎，迁延月余，医药无效。医生建议住院手术。然术后效果不理想，诸种症状未见减轻。医生明告：因为病程拖得太长，损伤了神经，而一旦伤及神经，几乎就是不可逆的，左耳的听力已难回复，且耳鸣抑或将相伴终生。如整个病程果与本人五年糖尿病史有关，严重性则要加倍。

怎么办？五十岁本尚是壮年！窗外的阳光白得耀眼，楼下不远就是本市最热闹的一条大街，那里有正在浩荡、沸腾的生活。而这一切像是都已与我无关。别人眼中我是文化人，我也自视为文化人，然何谓"文化"？我最服膺的关于文化的一种解释是：人类面对困境所建立的观念。现在困境来了，文化何为？

自知我的那点"文化"虚弱乏力，也只好试试。自宽自解一，只好习惯与疾病相处。即如耳鸣，时间一长，则习焉不察。人之于病为什么只能是厌憎？汉语中有"与病缠绵"一说，"缠绵"一词内涵了人与病的爱恨情仇。自宽自解二，或问耳鸣究何感觉，我曰：有时是"半夜鸣蝉"，有时是"蛙声一片"，就差"杨柳岸晓风残月"了。至于耳聋，岂不闻那位庙号代宗的李家皇帝的"玉音放送"："不痴不聋，不做家翁"。自宽自解三，上帝如此安排，自有上帝的道理，而上帝的道理，我们不可能懂，唯有领受，像《圣经》中的约伯那样。

但不得不承认，李笠翁的"鸡汤"固是未能诱我在别人的痛苦之上建立自己的幸福，但还是让我存了一份这样的"居心"：我有意无意地把我生病的知情范围尽量缩小——说出来，我自己也觉悚然，我莫非是不自觉地不甘、不愿自己的痛苦成为别人制造幸福感的材料？！

我当然应该为我的这份"居心"，为我的狭隘与阴私感到羞愧。

"认清生活的真相之后依然热爱生活"

加缪在《西西弗斯的神话》开篇有一句话：真正严肃的哲学问题其实只有一个，那就是是否应该自杀，因为思考这个人生是否值得活下去应该成为哲学的基本问题。我在课堂上引用这句话的时候，一个有着苹果一样脸庞的女生当堂向我叫板："老师，你这种思想不对！"我说："为什么呢？"苹果一样的面庞也许是因为激于义愤而变得通红："因为这是悲观主义！"原来在我们的教育中，"悲观"也跟其他很多物事一样，被戴上了"主义"的帽子！我不得不跟她说："可这话不是我说的呀。""谁说的也不对！"我突然感到这样争执下去很无聊。

我不反对乐观，我只是觉得没有经过悲观洗礼的乐观似乎总有点靠不住；我只是觉得肤浅的乐观有时候会使我们每个人都变成瞎子。

我把悲观理解成一种更高意义上的清醒。其实，说到底，我们每一个人都是悲观的，如果把每一个人的精神外壳像剥洋葱一样一层层往下剥，剥到最后，剩下的最核心的部分我相信一定是悲观。

我们这一代人大多迷恋过萨特的存在主义。存在主义思考的原点是对人生的荒诞感受。而荒诞云云无非是"悲观"这个词在人间的别名。人是一种"向死而生"的存在,"必死性"是人类所有悲剧性体验中最具灼伤力的东西。既然我们的肉体生命总有一天要归于消亡,那么在世时的一切成败荣辱岂不都成了烟云过眼?所有的所谓意义、价值、理想岂不都成了空幻的喧哗?所以《红楼梦》里才会说:"纵有千年铁门槛,终须一个土馒头。"把这个比喻继续做下去是让人灰心的,因为如果"土馒头"是我们每一个人不可避免的终局,那么我们每一个人迟早都将是"馒头馅"不是吗?

刘小枫先生早年在一篇文章中说过这样的话:支配我们命运的无常像湿润的雪花沾在我们的身上。我觉得,死抱着悲观不放固然不可取,但我们的人生又何妨从悲观出发——咀嚼我们必死的生命的渺小与可怜,在夜里关上所有的灯,倾听那来自一个永远也不会消失的地方的永恒奥秘,或能借此看穿构成我们日常生活主要内容的算计和贪欲、奔谒和荣宠、忧患和得失,还有自私、冷漠,通通成了愚蠢和虚妄的把戏,或是面目可憎的窃窃私语,从而体会爱的必要。

悲观其实并不一定意味着消极。1918 年,李叔同先生在杭州虎跑定慧寺剃度出家,李叔同是在功成名就,且日子过得"天好地好"的时候,毅然决然地斩绝尘缘,飘然远举。他的很多好朋友对此都颇感不解。譬如柳亚子在给李叔同的一封信中规劝说"君礼释迦佛,吾意嫌消极",意思是说,你这样做太消极,太悲观了。这里面有个问题,一个人如果真的消极了,他就应该对什么都无所谓了,"无可无不可"了,一个真正"消极"了的人最有可能选择的生活方式该是潇洒走一回,及时行乐才对;一个"消极"的人怎么可能像李叔同那样选择过一种出家人的清苦的修行生活呢?而且李叔同所修南山律宗在佛教宗派里以持戒精严著称。

一个人"出家"了，说其"悲观"，似乎无可辩驳；然说其"消极"，则又未必。姑不论弘一大师（李叔同）"念佛不忘救国"的济世胸怀，单论其清苦的修行生活，也是向更高的精神层面攀升，甚至是我们普通人难以企及的积极生活的态度。

不禁想起弘一大师的一件事。国共第一次合作的大革命时期，共产党欲在浙江灭毁佛寺，弘一大师找到自己的学生，当时的中共中央委员、浙江省党部负责人之一的宣中华，佛寺得以不毁。宣中华后来回忆说："生平未尝受刺激如今日之深者，闻李先生言，不觉背出冷汗。"据马叙伦先生《石屋余沈》，弘一大师当时其实只说了一句话："和尚这条路亦当留着。"弘一大师利人济物，直达心原。在波翻浪涌的革命时代，弘一大师的这句话犹如一声哀恳、微弱的叹息，却又直指人心。当历史的大潮退去后，这声叹息依然能让我们感受到它的智慧和分量。

如果悲观使我们得以直面人生的残缺与伤痛以及人性的亏与欠，从而导向一种更沉重但同时也更真实、更健全的人生，那也没有什么不好。正如罗曼·罗兰所说：

生活中只有一种英雄主义，那就是在认清生活的真相之后依然热爱生活。

乡村的沉沦

清明回乡下老家，到家后总觉得家里像是少了一样什么东西。后来终于明白，家里原先那条狗不见了。问母亲，母亲则轻描淡写地说：卖给屠狗卖肉的赵二了。至于原因，母亲的解释是"不卖迟早也会被人偷去"。据母亲说，村里的狗都卖得差不多了。晚上果然感觉到，以往让沉寂的乡村夜晚偶然焕发一点活力的狗吠稀稀拉拉，近似于无。

我一直坚信，对比我们人类弱小的生物的态度，反映一个人对待生命的态度和对待这个世界的态度。记得幼小时，固然是吃不饱，穿不暖，但有动物，狗啊猫的，相依相伴。与动物相依相伴的经历成为苦寒岁月里和煦、温暖的阳光。

回乡的第二天，狗的问题已经很难让我再纠结。卖狗算什么！现在乡村，还算稍微能让人兴奋的话题是卖孩子，严格点说就是"生孩子卖"。相距不到一里的邻村，我一远房表弟刚把自己出生未满月的女儿"出手"，价格是三万，目前正准备用这笔钱翻修房子；我一少时玩伴生了一个女儿后，因病恐不能再生育，正有意从当地一户人家买一个"儿子"，正在讨价还价中。

比人类弱小的生物其实也包括人类的孩子。对孩子的态度不仅反映一个人的生命态度，甚至可视为一个人的道德底线，而这样的道德底线无疑正在溃败。老百姓被逼得"卖儿卖女"常被用来描述旧社会的"反动"与"黑暗"。元人张养浩《哀流民操》诗言："一女易斗粟，一儿钱数文……甚至不得将，割爱委路尘。"但我们是无法对这种在历史动荡年代"不得将"（不得已）的"鬻儿卖女"行为进行谴责的，因为留下来也无非是饿死；而如今的中国乡村纵然破败，也并无衣食之虞，"鬻儿卖女"已俨然是提高生活质量的致富"捷径"，可叹！

《三毛流浪记》中有所谓"孝子公司"，"主营"替人"打幡""哭灵"，但那自然是张乐平老人的艺术夸张。不意这样的"孝子公司"在当下乡村竟成现实。乡下的那些有一副好嗓子的人于是有了"用武之地"，而且收入不菲。他们替孝子哭，替孝女哭，替姑爷哭，替媳妇哭……根据与死者关系的亲疏远近，价码亦不同。这回回乡正赶上一户人家死了人，响器班于大树上架起高音喇叭，开始唱"妹妹你坐船头，哥哥在岸上走"，"姐在南园摘石榴，哪一个讨债鬼隔墙打砖头"，等不及天黑，表演内容往往渐趋猥亵，不堪入目。中间不时穿插的便是"买"来的哭声，这种哭声像是哭，又像是唱，围着品鉴的不仅有不相干的乡人，也有花了钱表了孝心的孝子、孝女、姑爷、媳妇等等。

什么都可以用来卖，包括亲生骨肉；什么都可以用钱来买，包括孝心和眼泪。更可怕的是乡人对这些行为的慨然接纳与包容。千百年来，传统乡村的道德纠责机制维持着乡村社会的公序良俗，如今，这样的道德纠责机制已然颓败。

回乡三天，不断有乡人对我表达这样的意思：你在外面认识的人多，看能不能找找关系把我们村的地也卖掉？土地，那可是祖祖辈辈的立身之本啊！而乡人说来轻描淡写，毫不觉得有什么惋惜与留恋。相反，邻村把土地卖给了一外地老板办养猪场，还让他们羡慕不已。那规模庞大的养猪场我见过，有风的日子，二三里外便能闻到猪的屎尿的恶臭。

说得大一点，乡村是我们整个民族精神的后方；说得小一点，对于我们这些在城市飘零的"乡下人"，生于斯长于斯的乡村一直是我们精神的后方，泥土一样的淳朴与坚韧是我们对抗都市浮嚣的精神之源。如今，作为我们精神的后方的乡村已然沉沦，甚或正在消失。

前日和我一小学老师通电话，方知我曾就读的本村"村小"已不复存在，原址成为一家板材厂的加工车间。以"整合教育资源"的名义，全乡的"村小"已取缔殆尽。多少年来，散布乡村的"村小"的红旗于绿树掩映间飘扬，一直是我心目中乡村活力的象征；童稚的读书声如山间清泉，荡涤着俗世的尘垢，更代表了乡村的未来。如今，这些也只好到梦中去拾取了！

语　　境

　　童年、少年的小伙伴里有四丫。四丫白腿细腰，是我少年时代的梦驰对象。当然，当她的面我还是规规矩矩的。那时的我就无耻地无师自通，过早地耍流氓，以后将没的流氓好耍。

　　我的线放得很长，可最终四丫还是飞了。四丫大学毕业后，嫁了本地的乡镇企业家，在我们那块儿也算豪门。豪门一入深如海，然豪门一倒，海水也就连同泡沫一起退去。几年前，四丫的丈夫赶企业家跑路的时髦，突然消失，也不知是跑到俄罗斯还是毛里求斯去了。富丽堂皇的乡间别墅被银行接收，等待拍卖抵债。四丫和她的一双儿女搬入她大她妈生前住过的老屋。就在这个时候，四丫给远在千里之外的我打电话，说要考研。古人云，唯女子与小人会发疯！四丫虽说小我几岁，然已近四十，还考你大大个头啊。但我既为人师表，似乎不该打击中老年妇女的上进心。七十几岁还参加高考上新闻，四十岁考个研又算个屁！

　　自从四丫准备考研，她便不断打电话来问这问那。有一回她问的是"什么叫语境"。我懒得查书，就敷衍她："顾名思义，语言环境嘛。"她说："那就是空间、场合呗。"我说："那也不一定，即使处同一空间、场合，对于说的人和听的人，语境也可不一样。"四丫说："举例说明。"我在电话这头，一脸坏笑："我敢说，你敢听吗？"四丫说："我还不知道你，自小胆子没有一颗老鼠屎大，做坏事的能力有限，说坏话的能力也高强不到哪儿去。你说！"

我曾在中学里以"误人"为业凡七年。有一年教高二，给学生讲鲁迅的小说《药》。华老栓带着银钱到刑场去买人血馒头，走得急，担心衣袋里钱被偷，这时，鲁迅写了句"他按一按衣袋，硬硬的还在"。这"硬硬的还在"真是神来之笔！我那时跟另一个语文老师同住一间宿舍，每天早晨睡醒，他的第一句话总是："硬得生疼。"讲台下听讲的学生"思无邪"，为鲁迅掐肤见血的笔力折服，讲台上的我脑中却一再闪现我的同屋，教初二语文的小查老师每天早晨宣示"晨勃"的"痛苦"表情。

我现在是在大学里继续以"误人"为业，讲中文系的现代文学课程。前阵子又讲到了鲁迅的《药》，同样是那句"硬硬的还在"，我在上面"思无邪"，下面却先是男生的零落的笑声，继而则是女生短暂懵懂后掩面做害羞状。算算时间，这时距离我在中学里讲《药》，已经是二十多年过去了！结论于是只能是，当年的流氓已然老去，而当年的好孩子也都长大变坏了。

余生也晚，只赶上了"文革"的尾巴，所以下面的这个故事我也是听来的。有一回大队请一个老八路来给贫下中农"讲用"。"讲用"者，介绍活学活用毛泽东思想的心得体会是也。老八路讲了几个不知是真是假的战斗故事后，拿起大队会计事先给他准备的稿子做总结。只听他朗声诵曰："想当年，坚如铁……"台上自是激情豪迈，而台下，贫下中农男人也不抽烟卷了，贫下中农妇女也不纳鞋底子了，都汇入了浮浪的笑声的海洋。新世纪初，我在岳麓山下一所大学的研究生宿舍里读巴赫金的《陀思妥耶夫斯基的诗学问题》，他在论述作为重要的文学表现手段的"狂欢化"时，写道：

> 狂欢化使神圣同粗俗，崇高同卑下，伟大同渺小，明智同愚蠢接近起来，团结起来。

由此，"粗鄙"在文学作品中所以具有巨大的颠覆与解构的能量，便可以从巴赫金的理论中获得解释。巴氏所举的粗鄙的形态有：狂欢式的冒渎不敬；与人体生殖能力相关联的不洁秽语；对神圣文字或箴言的模仿讥讽等。

由于先读的巴赫金，后读的王小波，所以我对王小波小说里触目皆是的"脏话"，一点也没感到讶异，且从来不怀疑小波其实是一个特理性、特优雅，且特具绅士风度的男人；脏话只是他的叙事策略而已。在那样一个时代，脏话和性行为本身一样，成为对抗荒诞，宣示自由的一种手段。

读巴赫金是一次愉快的经历，他的奠基于欧洲文学与历史的庞杂理论却往往能让我重拾少时梦境，重拾那些我睽隔已久的乡土中国的民间记忆，并对其重新定位。至于读巴赫金时，是否也常常想到四丫，委实记不起来了。她那时正在豪奢的乡间别墅里整天忙着数钱玩，自然更不会念起少年友情。

电话那头的四丫稍事沉默，说："就这些？我也有一个例子好举，我敢说，你敢听吗？"我连忙说"饶命饶命"。

少年友人命题作文，勉强成篇。谨以此共怀我们共同的钢铁岁月，兼怀我们共同的小伙伴四丫。

养活一团春意思

动念写这篇东西已经是两个多月前的事了。两个多月前，疫情正紧。俩孩子不得开学，正上高二的大毛尚好，只需忙给她吃喝，就躲进自己的房间"自成一统"，不需烦神；刚满三岁的二毛就不行了，各种无端纠缠，各种无理要求，外加陪玩各种无聊游戏，虽说是亲生，积日累月如斯，也是不胜其烦，毕竟我也是渐渐逼近可以自称"老夫"的年龄。套用张爱玲一句话，何止是出名要趁早，生二胎也要趁早啊，否则，年岁既长，精力不济，快乐也不那么痛快了！

要感谢那个胖大婶于"疫情"中发现"商机"，小区旁边的公园里摆起了一个摊儿。只需花五块钱，小孩子可以把摊儿上的抓鱼、彩泥、沙堡、射击玩个遍。自从有了这个摊儿，每天下午，我便带着二毛来做胖大婶的老主顾。扫码付五块钱，二毛有了玩处，也就不再纠缠我这个名副其实的"老"爸。我刷刷手机，看看《方方日记》啥的，偶尔还发发朋友圈，看看有多少人点赞，收获点可怜的虚荣，一个下午就轻巧地消磨过去。

不料有一天，来了两个城管模样的人，对胖大婶一通训斥，义正词严；胖大婶则低声下气，语近哀恳。两城管不为所动，舞动手脚，如驱犬豸。三岁的二毛哭着扑向我："爸爸，爸爸，警察叔叔为什么不让我们玩儿了？"在她眼里，所有的穿制服的都是警察。我惭愧于自己的才疏学浅，不知道该如何向三岁的孩子解释这个世界的复杂，无奈中只好用"复杂"的眼神瞅着那两个城管。其中较年轻的一个，白面顾身，竟颇有点玉树之姿，正是最好的年龄、最好的青春。我内心不由得惋叹一句"卿本佳人"。

漫漫"疫"路，荒疏了笔墨，也荒芜了心情。等到我今天终于鼓起心气，写这篇东西的时候，却已然是两重天地。总理的一句话，忽如一夜春风来，"地摊儿"几乎一夜之间拥有了政治上、经济上、道德上的合法性，让我禁不住就会去想：两个多月前那个白面顾身的城管"佳人"如今又在这个城市的何方正忙着保"摊儿"、护"摊儿"，甚至出"摊儿"！

面对地摊儿的"天翻地覆慨而慷"，我百感萦怀，思绪飘飞，想起了曾国藩的一件事。

清同治三年（1864），曾国藩的湘军从太平军手里收复南京。原先因为洪秀全"禁妓"而逃到上海租界的秦淮河妓女纷纷跑回。一时间，秦淮河大有恢复往昔桨声灯影之盛的苗头。这可急坏了南京地方父母官、江宁知府涂宗瀛。涂进谒两江总督曾国藩，力请出示（出告示）禁止，谓不尔，恐将滋事（不然，麻烦事多着呢）。哪知，据曾的幕僚欧阳伯元回忆：

文正笑曰："待我领略其趣味，然后禁之未晚也。"一夕公微服，邀钟山书院山长李小湖至，同泛小舟入秦淮，见画舫蔽河，笙歌盈耳，翠黛敛蛾，帘卷珍珠，梁饰玳瑁，文正顾而乐甚，游至达旦，

139

饮于河干。天明入署，传涂至曰："君言开放秦淮恐滋事端，我昨夕和李小湖游至通宵，但闻歌舞之声，初无滋扰之事，且养活细民不少，似可毋庸禁止矣。"

曾国藩是什么人？曾国藩是一个砥砺品节超逾常度的人，是一个白天朝美女多看几眼，晚上就要在日记里痛骂自己"真禽兽也，真禽兽也"的人，此回却非但未能如涂宗瀛所请，出雷霆手段"扫黄打非"，反而于一天晚上，约上钟山书院山长李小湖泛舟秦淮，欢饮达旦，亲身领略了秦淮画舫之盛，以总督之尊，甘冒人格损耗的风险，于秦淮河的烟花业推波而澜助之。

黄濬《花随人圣庵摭忆》有"为政在养活细民"一条，于盛赞汉初丞相曹参"不扰狱市"的同时，亦言及曾文正公开放秦淮灯船一事，谓与曹相国事同具"开国规模"。盖"开国"之为政，贵在能"严于律大官而宽于恤小民"。同治三年的南京兵燹劫灰之余，正百业凋零，百废待举，非"开国"而何？

烟花一行诚是藏污纳垢，然非独攸关市面繁荣，许多与之相联的配套行业，贩夫走卒，引车卖浆，端赖以生存，正不必察察为明也。人都说曾国藩此举有超前的"市场意识"，我却愿意相信，只是文正公禀性纯良罢了。一念之仁，无非就是那么一点点对下层"细民"的恻隐和悲悯，孟子所说的"仁之端也"。看起来像是人人都该有，但是事实却是很多人都没有。

我就从来不觉得"整齐划一"是多么值得追求的东西，虽然它已然成为中国式的城市管理美学。我信奉伯特兰·罗素的一句名言："参差多态乃幸福之本源。"当年也有人以有碍观瞻为由建议法国总统密特朗驱逐巴黎的乞丐，老人家宽容而幽默地说："乞丐也是巴黎的一道风景。"曾国藩有名句"养活一团春意思",这句名言常被用来解释曾氏的为人,其实又何尝不可以用来写照曾氏的为政:以"养活细民"为本,如春风和气,披拂万物,正是中国儒家"仁政"的题中之义。不是整齐划一、整洁光鲜,而是给各类合法人群以出路,才是对一个城市文明程度的更重要的衡量。

第 四 辑

方言与普通话

当年上大学，入学后经历的第一次全校规模的活动就是推广普通话，简称"推普"。我那时刚受聘校报记者，奉命采写关于"推普"的新闻稿件。见报的稿件都写了什么，早就忘记了；采写过程中听说或遭遇的一些笑话，当然无法写进新闻稿件，却留存脑海至今。比如外语系一女生早晨刚睁开眼便被室友告知，她夜里说梦话了。该女生一边揉着惺忪的睡眼，一边幽幽地问室友："是用普通话说的么？"再比如，采访中文系一学长，问他对"推普"的看法，这位老兄引用贾平凹散文中的话，说："毛主席都不说普通话，我也不说了吧。"

旨在动员的校方红头文件及领导讲话中，普通话的重要性被认为攸关经济社会发展；而有个现象，当年没注意，现在想来，颇觉滑稽。按校方要求，从每个班里选出普通话说得比较好的同学，担任"推普员"，负责对普通话说得不好的同学进行矫正。担任推普员的多为北方同学，普通话说不好的多为南方同学；而南方同学多来自较为发达的地区，即使光论穿着，也比北方同学体面。我的意思是，普通话当然重要，但这个重要性现在想来显然被夸大了。

大学二年级的时候，我经常逃课躲到图书馆的过刊室里读当代小说。有一天翻开的是韩少功的寻根小说名作《爸爸爸》。主人公丙崽是个白痴，湘西话叫"宝崽"。丙崽在外被人欺负了，他的母亲便会用湘西土话在村子里骂："渠是一个宝崽，你们欺侮一个宝崽，几多毒辣呀。"渠"是个什么意思？古汉语中，"渠"表示第三人称单数，即他（她、它）。朱熹的《观书有感》"问渠那得清如许"及杜甫《遭田父泥饮美严中丞》"回头指大男，渠是弓弩手"中的"渠"即是此意。原来湘西方言里依然保留了相当多的古汉语词法和语汇，别看丙崽妈妈是一字不识的湘西农妇，竟然张嘴就是古汉语。

方言是语言化石。今天很多地方热衷"申遗"，申这遗，申那遗，让人眼花缭乱。其实，可以说没有例外，每一个地方最重要的非物质文化遗产就是那个地方的方言。由于种种原因，很多地方的方言，因为说的人越来越少，词汇和语汇都在萎缩，甚或有消亡之虞。这实在是让最起码像我这样的人不禁为之扼腕痛惜的事情。

十四年前，女儿刚满一周岁，还不会说话，就随我们来到这个陌生的城市。开始学说话那两三年，又没有机会和本地土著的孩子厮耍。结果就是她不会说任何一种方言。老家话不会说，本地的方言也无从习得，只好一口未必标准的所谓普通话。我一直为此对女儿心怀愧疚。因为我觉得，一个人只会说普通话，而不会说任何一种方言，语言能力的发展就会严重受限。

一个人若不谙熟一种方言，对语言的表现力便容易没有概念。前阵子回乡出席一老友的母亲的寿宴。老友高堂年登耄耋，实乃人生大事；然酒店却寒碜得很，让人不禁为老寿星委屈。跟几个旧友闲聊，难免就此事有所评说，我却苦于找不到合适的词。用普通话的"吝啬"一词显然偏重，且欠厚道，只好沉默。这时一旧友用老家方言说：他这个人不一向就揪揪撮撮的嘛！"揪揪撮撮"，真是形象啊！更重要的是，这四个字，既有微讽，又含容忍与体谅，比之"吝啬"，表现力真不可同日而语。我有一难言之隐，就是女儿一天天大了之后，越来越不愿跟我亲近，有什么话也只跟她妈妈说，不愿跟我多啰唆。每每看到人家父女相处如"哥们"，不由不生羡慕。有一回我跟我老妹说起这个，啰哩啰唆一大通，不得要领。老妹用老家话说："你说离皮离骨不就行了！"老妹哪里知道，与故乡渐行渐远，我哪里还记得老家话里还有"离皮离骨"这样鲜活的词语！可以说，正是失去老家方言作为表达后援造成的经常性的"失语"，成为我重新认识方言重要性的由头。

普通话其实古已有之。不过古时不叫普通话，而叫官话。法国人福柯说"知识就是权力"。也许正是因为现在普通话不称"官话"，避开了一个"官"字，掩盖了"普通话的重要性"这一套知识话语背后的权力关系？回答这个问题已是本篇小文所难胜任，只好留待社会语言学或语言社会学的专家去研究了。

写作本文的最近的由头是因为看了一场推广普通话的文艺演出。演出以相声、小品为主，所有的笑点都来自对方言的嘲笑与贬损。我觉得，"推普"没有错，但也不必以嘲弄、贬损方言为前提。距今一百年前的白话文运动中，陈（独秀）、胡（适）、鲁（迅）诸公的一大误区便是把白话与文言对立起来，后来白话文出现的诸多问题可说皆渊源于此；现在把普通话与方言对立起来亦是普通话宣传与推广者的一个严重误区，但愿这样的误区，不会导致相应的严重后果，也但愿方言与普通话即使不能相提、相携，也最起码能相安。

"伪球迷"才是真球迷

我们夫妻是典型的伪球迷。我是至今没搞明白"越位"是怎么回事，而且根本没打算去搞明白；妻子则更"牛"，直至前不久，她还以为罗纳尔多是美国 NBA 打篮球的。世界杯期间，妻子似乎终于不满于自己的孤陋寡闻，看球之余，也开始在网上搜些足球规则乃至球星八卦之类。我则劝她"不必"，并且给她讲了我们乡下的一个关于酒徒的故事。

有两个酒徒，姑且叫他们老李与老张吧，几十年一起喝酒。他们喝酒不需菜肴，小桌上放一小碟，小碟中置花生米一粒。几十年里，老李和老张就对着这一粒花生米，陶然而至酩酊。突然就有那么一天，老张不知哪根筋搭错了，不经意中伸手把那粒花生米撮入口中，吃了。这下老李不干了，愤而起身，离座，曰：跟你喝了那么多年酒，今天才知道你喝的原来是菜酒。老李从此再也不跟老张一块喝酒了。

这个故事虽流传于我幼时生活的乡间，却颇有魏晋风致，入得《世说新语》"品藻"门，和管宁的"割席分座"有的一拼。

我等"伪球迷"不懂越位是怎么回事，不知道罗纳尔多有几个情人，也不关心贝克汉姆的 baby 什么时候换牙，甚至干脆就不知道小贝是何许人，而足球对于我们依然魅力无穷。我们就像酒徒老李耽于酒而无须菜肴一样，在意的是足球本身。我相信足球诞生之初，一定与自然浑融一体，像山野一般质朴，并无什么严密的规则，规则都是后来派生和完善起来的；俱乐部、职业联赛、球星转会等制度带来了现代足球事业的发达，也使得足球越来越意味着现代资本的投入与产出，而不再是原初的生命力的勃发与雄强；至于很多球迷津津乐道如数家珍的球星八卦更如老李老张那粒碟子里的花生米，只是足球的点缀。

足球正在现代社会的旋涡里迷失，说得学术化一点，就叫"异化"。资本，贪欲，狭隘的民族情感等等异化的力量给足球附加了过多的社会、政治内涵。负载沉重的足球还如何让人体会生命的飞扬？就像我们人须得经常回望自己童年的质朴与单纯一样，足球也有自己的童年，足球也须得不时往回看，往回走，找回原初的质朴与单纯，用中国明朝人李卓吾的话说，就是足球的"最初一念之本心"。

我是个伪球迷，有时看得热热闹闹，连在球场上拼抢的对阵双方是谁谁谁都不甚了了；但我也有我喜欢的球队，那就是 1990 年的喀麦隆。1990 年世界杯期间的喀麦隆即使不是足球史上最大的一匹黑马，也是最为雄健的一匹。那场比赛本来是几乎没有悬念的比赛，由来自非洲高原的喀麦隆对阵南美劲旅阿根廷。当时的阿根廷拥有马拉多纳这样的超一流球星，夺冠的呼声最高；喀麦隆则名不见经传。但在 B 组的小组赛上，喀麦隆硬是 1 比 0 力克阿根廷，也成就了自己"非洲雄狮"的美誉。喀麦隆没有阿根廷那样精湛的球技，没有优美的盘带，更没有马拉多纳有如神助的"上帝之手"；那么喀麦隆有什么？喀麦隆有原始的生命强力，有酣畅淋漓的蓬勃的生命元气。1990 年第十四届世界杯，喀麦隆让足球的真义在现代赛场上灵光一现，让足球在那一刻返璞归真。

　　共同生活了十多年，妻子早已习惯了我的思维的跳跃性，听完老李与老张的故事，马上就接过了我思维的接力棒："你是说，伪球迷也许才是真球迷？"真可谓心有灵犀，一点就通。她此时恰好在网上看到一段"真球迷"丈夫和"伪球迷"妻子的对话，于是夫妻共赏：

　　　　老婆：这是中超联赛吗？

　　　　老公：世界杯。

　　　　老婆：中国队在哪儿？

　　　　老公：跟你一样在看直播。

　　　　老婆：为什么不上去踢？

　　　　老公：国际足联不让。

　　　　老婆：是因为钓鱼岛吗？

　　　　老公：因为水平不行。

　　　　老婆：不是有姚明吗？

　　　　老公：滚。

　　我们夫妻的一致意见是：伪球迷果然比真球迷可爱得多！

向孩子学习

晚明张岱有名言曰：

　　人无癖不可与交，以其无深情也；人无疵不可与交，以其无真气也。

我说：一个人面对小孩子若从无感到羞愧，亦不可与交，以其无真性情也。

　　几乎所有宗教都推崇小孩子，自然是不无缘由的。小的时候夜间乘凉，铺席子于乡场上，躺在上面仰望星空，幼小的灵魂便开始了与宇宙的对话。其实我们每一个人都一样，是先体会到深邃与浩瀚，然后时隔多年之后，才知道"深邃"与"浩瀚"这两个人间词语。面对深邃、浩瀚的星空，便是在面对这个世界至深的秘密，那种惶惑、恐惧中夹杂着憧憬与向往的感觉其实就是所谓"诗情"，只是还无法找到适当的表达的出口。

　　我现在年已过不惑，可每当想到"无限"这一类词的时候，我的感觉便是又回到了童年，或者说是与多年前、乡场上、星空下那个幼小、孱弱、惶惑、无助的灵魂重又建立起精神联系。无限？无边无际？有某种东西没有边界，无所谓开始，也没有结束，多么不可思议！这些"不可思议"显然远远超出人类的理解能力。

据说，人在没有学会直立行走之前，像动物一样四脚爬行。后来学会了直立行走，此一人类进化途程上的关键一步，于人类的意义并不全是生产劳动意义上的；人一旦直立起来，便第一次看到了天空，也便开始了对意义的眺望，并以此和动物世界划清了界限，而意义问题便是人活在这个世界上的至深的疑难。然活在喧闹的市廛，置身于钢筋水泥的森林，你已有多久没有仰望星空？借此或可测量出我们成人跟孩子之间的距离，其实也是我们迷失的路程。

佛家常把人的心灵比喻成一面镜子，所谓"心如明镜台"；这岂不意味着，人的心灵原本如明镜，能照见这个世界的真理（佛家讲"佛"，讲"真如"，基督教讲"上帝""神"，名目不同，其指则一），后来所以不再能照见真理，皆因这面镜子上蒙上了灰尘，也即我们人的各种欲念；修行的过程无非即是把心灵这面镜子上的灰尘擦去，让它重现光明，从而也重新照见这个世界的真理。这或可用以解释所有宗教所以都异口同声地赞颂孩童——孩子的心灵宛如明镜，面对这个世界的至深的神秘，每一个孩子都是诗人。

小孩子无知无识，只是我们成人那点可怜的所谓"知识"果真值得夸耀？小孩子的无知无识固然可以说是一团混沌，但也可以说是一片澄明。泰戈尔诗云：

儿童总是居住在永恒的神秘里，不受历史尘埃的蒙蔽。

小孩子往往更能看到这个世界的真相，非成人所能及。我曾在文章中谈及战争文学的儿童视角，以小孩子的眼光来表现战争甚至成为文学的一个叙事母题。成人拥有了关于爱国主义、民族主义、阶级斗争等诸多的"知识"，于是成人之于战争，重要的是分清哪边是"我们"，哪边是"敌人"，哪边是"革命"，哪边是"反动"；小孩子不懂这些，小孩子看到的是：人在杀人。而"人在杀人"正是关于战争的"真相"和"常识"。

有一个现象是，近代以来，伴随着西风东渐而起的，便是多有诗人赞美孩子，甚至视孩子为灵感的源泉，为人生的轨范。清代诗僧八指头陀诗曰：

> 吾爱童子身，莲花不染尘。
>
> 骂之唯解笑，打亦不生嗔。
>
> 对境心常定，逢人语自新。
>
> 可慨年既长，物欲蔽天真。

丰子恺曾把这几句诗刻在自己的烟斗上，丰氏本人亦曾曰"天上的神明与星辰，人间的艺术与儿童"，此亦人间难得的得道之语。

> 我见到的人越多，我越是喜欢狗。

说这话的是法国大革命时期的罗兰夫人。罗兰夫人的另外一句名言"自由自由，多少罪恶假汝之名以行"曾让我感受到思想的力量；但我还是要对她的"人与狗"之说深致不满，因为在生理学意义上小孩子也是"人"，这句话对小孩子并不公平。所以我愿意把这句话改为"我见到的人越多，我越是喜欢孩子"，这一来像是犯了逻辑上的毛病，难道孩子不是人？你说对了，孩子不是人，是神。虽然孩子终有一天会长成"人"，让人尚堪告慰的是孩子会一代代生出来，所以我们人也就永远不会缺少可以照见我们丑陋的一面镜子。

我们经常被要求向这、向那学习，其实，我们最应该做的是向孩子学习。父亲节那天，女儿在她的星期作文里表达了对父亲的感谢。孩子，你哪里知道，是我们做父母的应该感谢你。自从有了你，我们是多么的幸福！而这幸福是你赐予我们的。你非但赐福我们，你且教育我们。在你的"绝假纯真"（明李卓吾语）面前，我们的算计和贪欲、奔谒和荣宠、忧患和得失，乃至我们的焦虑与苦恼，甚至我们的暧昧的努力与进取，非唯可笑，亦复可悲。《红楼梦》里说：

身后有余忘缩手，眼前无路想回头。

孩子，你就是我们的救赎之路，你就是我们的精神家园。

放眼当前，如狼似虎的教育已然成为孩子们的噩梦，穷凶极恶的生意经已然使得孩子沦为我们成人利益游戏的牺牲。我是在一个对不起孩子的时代里，写下我对孩子的赞美，不合时宜是显然的。向孩子学习，最起码对孩子心存一份愧疚和敬意——套用台湾作家杨照最近一篇文章的说法——"至少可以使我们少混蛋些"。

那一低头的温柔，如何寻觅？

我们无疑活在一个羞感体验日益稀薄的时代，以致今天讨论羞感的话题已嫌奢侈。前阵子传说干露露要当市长了，引来网友一阵阵惊呼。其实，不要说干露露"要当市长"，即使干露露真的当了市长，在这样的一个时代，又有什么奇怪！

张爱玲的《倾城之恋》里白流苏第一次到香港跟范柳原见面，白、范之间有一段对话：

柳原笑道："你知道么？你的特长是低头。"流苏抬头笑道："什么？我不懂。"柳原道："有人善于说话，有的人善于笑，有的人善于管家，你是善于低头的。"流苏道："我什么都不会，我是顶无用的人。"

白流苏在跟范柳原这样的人交往的时候无疑是存着戒心的，于是范柳原的很多无心之言才往往被白流苏理解成语言陷阱。上海人的精刮这时候就派上了用场，什么意思呀，有人善于说话，有人善于管家，我是善于低头的，你不就是说我这个人没有用嘛，于是白

155

流苏才绵里藏针地反击道："我什么都不会，我是顶无用的人。"

范柳原所谓"你是善于低头的"究是何意，小说里虽然没有交代，我们作为读者却不妨悬揣。范柳原此言也许非但不是如白流苏理解的是对她的揶揄，相反，表达的正是范柳原对她的欣赏。范是情场高手，阅人无数，为什么偏偏看上了离过一次婚的二十八岁的老姑娘白流苏呢？白流苏让范柳原为之动心的也许正是她身上东方女人的神韵，而东方女性的神韵的一个重要方面便是女性的"羞感"，至于"低头"这一身体姿态和羞感的关系，我们只需看看徐志摩的诗便会明白。他在写给一个日本女郎的诗中写道："最是那一低头的温柔，恰似一朵水莲花不胜凉风的娇羞。"

如果说怜香惜玉是中国传统男人的美德，羞感则是中国传统女性的标签。很多描绘传统女性美德的词汇都包含了"低头"这样的身体姿态，如举案齐眉、低眉顺眼等等。南朝乐府民歌《西洲曲》中有云：

> 采莲南塘秋，莲花过人头。
> 低头弄莲子，莲子清如水。

按此处一语双关，"莲"即"怜"，古语"怜"即今言"爱"也，那么"莲子"（怜子）犹西语 love you 了。此说果真成立，"莲子清如水"即言少女的爱情纯洁如清水，"低头弄莲子"之"低头"也就不再如字面那样是指劳动姿态，而是因爱而"羞"的情感姿态无疑。

德国哲人马克斯·舍勒就人类的羞感写成皇皇巨著。舍勒注意到，动物的许多感觉与人类相同，诸如畏惧、恐怖、厌恶甚至虚荣心，唯独缺乏对于害羞与羞感的特定表达。如此，羞感成为人所以区别于或者说优越于动物的重要标识。舍勒说：

神和动物不会害羞，人必须害羞。

如此，人类的羞感是由人在宇宙中的位置决定的，是人之为人的尺度。舍勒的著作艰深难读，但有一点还是清楚的：羞感总是与某种精神价值相伴生，羞感的日渐式微甚至丧失，则往往是人类精神沉沦乃至人种退化的表征。

二十世纪八十年代所以让人怀念，除了思想的风雷激荡之外，属于我个人的还有一个原因就是那是一个羞感体验尚余微光的时代。那个时候尚"风气未开"，女同学吃饭那种"不欲人见"的羞涩，让人想到托翁《复活》里的那位公爵夫人，她是从来不当着人的面吃饭的，因为在公爵夫人看来"这个世界上再没有比吃饭更没有诗意的事情了"。如今放眼神州，触目是双腿叉开，如蹲马步，踞案大嚼，旁若无人的"女汉子"，不由人不生今夕之感！现在通行的"约会"一词，我们那时基本不用，我们用的是"抠树皮"这个词。那时早恋的同学其实都是我们心中的英雄，有时嘴上刻薄，心里却是酸酸的醋意。某某跟某某约会去了，我们便会奔走相告，"谁谁谁谁又到学校食堂后面的林子里'抠树皮'去了"！至于"抠树皮"和"羞感"及"低头"的关系，只可意会难以言传，我只能希望看到这篇文章的都是我的同龄人，他们必能心领神会，乐而开笑。古代的人"低头弄莲子"，八十年代的少男少女则是"低头抠树皮"！我一直所不解者，男的靠一棵树埋头"抠"之，女的于三五米外另一棵树下低头亦"抠"之，边"抠"边喁喁低语，那时又没有手机，怎么听得见？

二十世纪九十年代初，中国社会几乎是一夜之间完成了世俗化转型。当时尚在青春期边缘徘徊的我们并没有意识到，历史已然于悄无声息间作别羞涩与羞感，正一步步地迈向芙蓉姐姐和干露露的时代。

"那一低头的温柔"，还如何寻觅？

"落寞"的教师节

老实说，年年过教师节，年年不爽：教师节已经越来越像是"诋毁教师"的节日！众多媒体像是商量好了一样，口径一致地大谈"教师节如何成了送礼节"！今年则更加之以政府教育管理部门的"禁令高悬"。"教师节"成了"送礼节"？看着这样的电视新闻，我和我夫人只有苦笑。我们夫妇都是教师，妻子一直在中学，我则先是在中学，后在大学。近二十年来，我们从来没有在教师节期间收到过礼物。以前会收到学生送来的一两张贺卡，近两年则更为落寞，连一张贺卡也没有收到。我女儿在本市的实小上五年级，班主任刘老师带了她五年，我们夫妇作为家长也从来没想过要对刘老师"有所表示"。最起码现在还看不出来因为我们做父母的"不肯出血"，女儿在班里便有被另眼看待的迹象。

"教师节竟然成了送礼节！"美女主持人一脸正气、忧郁外加痛心疾首的表情，似乎"道德血液"的败坏，莫此为甚；我们，一个教师丈夫与他的教师妻子则是面面相觑，一头雾水般懵懂与茫然。没想到教师节给老师送礼竟已泛滥到让众多媒体以及媒体引导下的大众为之忧心的程度！给教师送礼既已如是之"普遍"，如果允许讲

159

实话，我要说，像我等这样被浩浩荡荡的"送礼"大军遗忘的"教师"首先感到的不是什么道德上的"诚直"与"优越"，而是自己"为师"与"为人"的失败。哪怕有家长向我们"有所暗示"，然后再由我们"坚拒"，展示一下自己的"高风亮节"也好啊，也能给两位小教师的平淡的节日增添些许的油彩。可惜，连这样的机会我们也没有，呜呼！奈何！

有心的读者想必已经看出，我想表达的是，"教师节成了送礼节"在多大程度上其实只是媒体制造出来的话题。在教师节这天对老师"有所表示"的家长和"有所斩获"的教师肯定有的吧，即使有个别恶劣的变相勒索行为，我想中国那么大的"林子"，也不必以为奇吧，但无疑更多的是像我们夫妇这样"不会来事"的家长和像我们夫妇这样的"落寞"的教师。现在把极个别的孤例想当然地渲染成社会问题，则是对整个"小老师界"和"家长界"的诋毁。

在整个社会的道德水平让人"唯余叹息"的时代，对教师的道德要求却又常常高到离谱。好像教师也是"特殊材料制成的"，可以"喝风屙烟"一般。就说所谓的"有偿家教"吧。禁止教师从事"有偿家教"已成相当多的地方政府教育部门的法规条文。我不搞家教，却一直纠结于"有偿家教"的问题。我搞不懂的是，各行各业的从业者都可以利用自己"傍身"的手艺于工余时间，找补家用亏欠，教师怎的就不行？"禁止有偿家教"，言外之意，"无偿家教"是可以的了，那么，教师的"知识"怎的就恁不值钱？

要说我从来没有收过学生送来的礼物，那是不确的。我家里收藏着一瓶伏特加，一直舍不得喝。这瓶伏特加是2008届的一个学生毕业之前送我的。老实说我一直是拿这瓶酒作为师生情谊的纪念的，若照现在主流舆论的逻辑，我这样想当然有问题，我应该拿这瓶酒

160

作为我的"教师职业道德"曾经"缺失"的警示才对……天!

今天是 9 月 8 日，再有两天就又是教师节了。我跟老婆商量好了，今年我们也"顶风"破个例，给女儿的每位老师买盒巧克力。我们已经到超市看过了，这种巧克力人民币 36 元一盒，在我们夫妻的经济承受能力之内，而且包装得很漂亮。我希望刘老师她们能高兴地接受我们这份祝福与好意！我们夫妻即使在"落寞"中，也会高兴着她们的高兴！

教育是什么?

下面这个故事是北京大学教美学的彭峰教授讲的:"某所著名大学的一群美学研究生聚会讨论美学的学科建设问题,在就一些所谓的美学问题侃侃而谈一番之后,某君突然发问:什么是美学?这个简单得几乎不能再简单的问题,如同一记棒喝,令整个会场鸦雀无声,然后大家相视而笑,最后不了了之。"

我是2005年读到彭峰教授的这个"段子"的,如今七八年的时间弹指而过,印象竟依然鲜艳如昨!我非美学圈中人,对"什么是美学"毫不关心,这个笑话所以让我印象深刻,是因为由此想到了我久已混迹其中的教育。若是把这个"段子"中的"美学"换成"教育",对我等久在教育江湖的人可能产生的"一语惊醒梦中人"的效果想必会超过"什么是美学"之于那些美学研究生们。

是啊,不妨让我们来自己问自己,什么是教育呢?

我供职的这所学院的一个副院长,原来是另一所大学的校长,退休以后来我们这"发挥余热"。每次开会发言,此君百谈不厌的话题便是"廉政"。讲到现今官员贪腐,每每义愤填膺,宛然正人君子。可惜时间不长,此君即以贪贿八百万获刑十一年。时在2005

年，我那时刚刚到这所学校不到一年，真正是瞠目结舌，大开了眼界！不过我今天想谈的是此君爱谈的第二大话题，就是爱提"当年勇"。此君夸耀他主持的那所大学的"辉煌业绩"，老是强调那所学校已培养了多少局级、副局级、处级干部，以致我一直以为此君主政过的那所大学是传说中的什么政治学院之类，后来知道是一所工科院校，不禁纳闷：工科院校的校长不以培养多少卓有成绩的工程技术人员作为成就，反以培养了多少各级各类官员为荣，无论如何都让人觉得怪怪的。后来再在台下听此君的昔日"荣耀"，就想到我们这些也许一辈子也不能"混个师长旅长的干干"的普通教师，在这位院长的眼中将永远是人生的失败者，不由得倍感凄惶！

北师大管理学院的教授、房地产专家董藩曾明告自己的学生："当你四十岁时，没有四千万身家不要来见我，也别说是我的学生。"如果董藩先生的谆谆告诫和前述大学校长的扬扬自得均属合理，那么大学是用来培养有权的官员和有钱的富翁的喽，果真如此，中国的高等教育在世界上真可谓是"独树一帜""独标一格"了。如今再来提当年蔡元培所言"大学学生，当以研究学术为天职，不当以大学为升官发财之阶梯"，即使不算迂腐，也该是迂阔得可以了吧。

前阵子学校搞校庆，代表校友发言的有我校 2007 届某毕业生，现在已经是某乡乡长。他在发言中表示，他在本校学习期间，收获最大的就是学会了如何去适应这个社会，并且表示自己在以后的工作中"将努力进一步适应社会，争取人生更大的辉煌"。

严格讲来，汉语中"社会"一词已经不可以总是被翻成 society。英语中 society 一词肯定不会把学校排除在外；而汉语中"社会"一词却常常是作为与"学校"相对的概念来使用的，"从学校毕业"有一个曾经很流行的说法叫"走上社会"，上学的时候，老师经常对我们说的一句话就是"等你们将来走上社会就明白了"，如此，"学校"是一个思想和精神相对纯粹的所在，而"社会"则意味着尔虞我诈、乌烟瘴气、充斥着各种各样"潜规则"的名利场。该校友真是坦率得可爱，看来他确是尝到了"适应这个社会"的甜头，年纪轻轻就做上了乡长，前途真的"未可限量"，只是这跟我们的教育有什么关系呢？乡长发言完毕，深鞠一躬，会场掌声雷鸣。此时此刻，作为他的母校教师中的一员，你说我是该因欣慰而微笑，还是因羞赧而脸红？

我任教的班上有个女生已经连续三周没来上我的课了。理由自然都冠冕堂皇，要么是要参加省里的演讲比赛，需去校团委排练，要么是市长要来演讲，她需去布置会场。我愤懑之余，决定等期末的时候利用考试这根杠杆敲打她一下。办公室里有女同事便提醒我不要对这样的学生抱有偏见，理由是"其实这样的孩子将来到社会上很吃得开"。我说："那么我们的教育就是培养将来到社会上吃得开的人喽？"女同事愤然起身、甩门、离开，留下一句："你这样的人没法跟你说话！"

教育蒙尘久矣。老实说，我现在一听到"发展教育"这一说法便害怕，因为教育照这样"发展"下去，会变成一个谁都不认识的怪物！作为一名教师，我所期待的并不是什么"教育的发展"，而是"教育的正常"，是教育的"回归常识"。如果对"教育是什么"尚多歧见，很难求同，那么最起码，对"教育不是什么"应该形成最低限度的共识：教育不负培育官员的责任；教育也不以产出富翁为旨归；教育也不是"适应社会"的人和将来"吃得开"的人的摇篮！

中文系啊，中文系

青山遮不住，毕竟东流去。我以文字"反叛"的历史算来也有些年头了。当年白嫩美的班花现在也都成了五十岁的准老太婆，还"夫复何言"呢！

距今差不多三十年前，我上大学中文系一年级。教我们文学理论课的是黄炳老师。他那时已快退休，我们是他教的最后一届学生，用的教材还是五十年代的老版本。听了他两次课后，我就开始逃课，躲到图书馆里去读当代小说。我那时正痴迷何士光、马原、洪峰，当然还有莫言。入学不到两个月，我就在校报上发表《文学理论课应有文学的当前意识》，不知天有多高，地有多厚地"叫嚣"：革命的现实主义和革命的浪漫主义相结合已经无法解释八十年代的文学现象。如众所并不周知，那时正是舆论界的凛冬时节，我的疯言疯语竟然能见诸报端，亦一大奇！校报二版的编辑是名教授萧兵先生的夫人周俐老师。她那时就认定我能吃"文章"这碗饭。她的一时"眼拙"可说误我至今。

然我对当代文学课也同样不买账。有一回考试，有一题：请简述陆文夫小说的特点。我因头一晚病酒，交了白卷，于是平生第一次挂科。我向当代文学李老师发难：这样的题目叫陆文夫本人做，他也会傻眼是不是？这说明这些所谓"知识"本身就很可疑是不是？还有，那些把"陆文夫小说的特点"答得头头是道的同学，他们多数连陆文夫的一篇小说都没读过，这本身就很荒唐是不是？而我是读过陆文夫差不多所有小说的这很难得是不是？

三十年过去了，我还记得当代文学李老师面对我的质问时因无奈而苦笑的表情。其实他也不容易，夫人没正经工作，在校门口摆摊卖鸭血汤。他白天上课，晚上还要到夫人的摊位上帮忙。现在我当然为我那时的少年意气追悔莫及。

大学毕业十年后，我也把自己混成了人模狗样的大学老师，在中文系讲现代文学课程。每教一届学生，我其实都有担心，担心碰到像当年的我那样的学生。一年一年地庆幸，十多年过去了，可说庆幸已倦，隐隐的担心已转为隐隐的期待——像我当年那样的学生依然没有出现。

想来也不奇怪。现在的学生虽说还谈不上精致，然已熟稔于利与害的核算。开罪手握考试杠杆的专业课老师这种明显"害己"的事情为什么要去做呢！本应顶花带刺的小黄瓜的年龄，成熟与世故却比我这个年及半百的老师犹有过之。

有一年期末考试期间，我在图书馆遇到本系一男生。我说：没有考试？他说：刚考完古代文学。我说：都考了什么呀？他说：比如有一题，《离骚》的艺术特点。我说：你答得怎么样？他说：还行。我说：你读过《离骚》吗？他说：没。我说：你连《离骚》都没读过，你要知道《离骚》的艺术特点干什么?! 这个学生最后是满腹狐疑，落荒而逃——我讲的是他从未领教过的另外一套"话语"。

作家韩少功一次到一所大学演讲，顺便问在座的济济一堂的中

166

文系本科生、硕士生、博士生，谁读过三本以上法国文学？（约五分之一的学生举手）谁读过《红楼梦》？（约四分之一的学生举手）少功先生感叹：我相信那些从未读过一本法国文学，没有读过《红楼梦》的学生已做过上百道关于法国文学、关于《红楼梦》的考题，而且一路斩获高分，否则他们就不可能坐在这里。问题在于，那些试题就是他们的文学？想知道为什么中文专业最好混吗？去翻翻中文专业的考题吧！都是陈丹青先生所谓的"鸟知识"啊！"知识"被运用到这种程度就是"反知识"！既然凭借这些"知识"就可以斩获高分，安全毕业，在一个实用主义被普遍遵行的时代，想要学生去读原著、原典有多么难就可想而知了。

李白、杜甫该算是中文系学生最熟悉的古代诗人了吧，其实就作品而言，大多数学生对李、杜的了解仅仅停留在中小学语文课上学过的那几首。然这些都不要紧，只需知道李白是浪漫主义，杜甫是现实主义，李白是潇洒飘逸，杜甫是沉郁顿挫，什么样的题目都可就此胡扯。姑不论用"浪漫主义""现实主义"这两个在西方也是十八、十九世纪才出现的概念，来硬套中国八世纪的两个诗人，根本上就是概念的错置；把李白、杜甫视为两途，也不符合李杜创作的实际。于李杜的作品读得稍多一点，就不难发现，李白和杜甫写得最好的诗风格其实是非常相近的，皆具雄浑壮阔的气象，所以他们才能共同代表盛唐气象。我一直认为杜甫的伟大胜过李白。首先，对后世的影响，李白不及杜甫。再者，同为雄浑壮阔，李白一辈子基本上没有缺过钱，能雄浑壮阔，只可谓天才；而杜甫一生饥寒交迫，颠沛流离，而犹能及此，除了天才外，非有人格和心灵的伟大莫办。

然而，我们还不能说学生错了，因为那么多"知识"都明明白白写在教材里，白纸黑字，铁证如山。就如我目前正在用的《中国现代文学史》教材，在谈到徐志摩诗歌的艺术特点的时候，总结出四点，一曰：构思精巧，意象新颖；二曰：韵律和谐，富于音乐美；三曰：章法整饬，灵活多样；四曰：辞藻华美，风格明丽。第一点所谓"构思精巧，意象新颖"纯是正确的"废话"，这八个字可以用在任何一个有点成就的诗人身上；第二点所谓"韵律和谐，富于音乐美"，用在闻一多身上也是可以的呀，我们最起码还可以举出一打"韵律和谐，富于音乐美"的诗人；至于"章法整饬，灵活多样"更并非徐志摩独有，这八个字用在闻一多先生身上也可以，而且更贴切，另外还有刘半农先生、卞之琳先生等等；至于"辞藻华美，风格明丽"更非徐志摩所独有，汪静之、戴望舒、朱湘，这个名单还可以列得很长。也就是说，教材所谓的徐志摩诗歌的四个"艺术特色"，竟没有一点是徐志摩诗歌所独有，怎么成了徐志摩诗歌的"艺术特色"？而学生哪怕连徐志摩的一首诗也没读过，只需记住这四点所谓徐志摩诗歌的"艺术特色"，即可回答考卷上的关于"徐志摩诗歌的艺术特色"的简答题，我也许真的太愚，实在搞不懂这样的"知识"究竟有什么用？！

然这些"知识"又是我们赖以养家糊口的饭碗，所以，以我之"傻"尚无勇气在端着传授"知识"的架子之余，跟学生负责任地说一句：这些东东除了方便用来考试之外，非唯别无他用，亦且有害；考完试，赶紧忘掉！

如今的高校教材已成一巨大的产业，所以虽然中文专业教材的平庸和僵化世所共见，也因为牵涉到诸多利益链条而绝难撼动：出版社赖此赚得盆也满钵也满；名教授"挂名"主编借此进入"中产阶级"；教师有了"照本宣科"之"本"；学生也乐得"拥抱教材"，

168

安全毕业。似乎是一个多方共赢的局面，但究竟谁输了呢？不知道。我是真的不知道；不是知道，但故意不说。

学生不去读课内、课外的文学原典，就势必在习得越来越多的"文学知识"，让大脑变成各类"文学知识"的垃圾场的同时，与文学渐行渐远。

然板子若打到学生身上，学生也冤！不要说无读书的兴趣，就算有，哪来时间！跟我们当年上中文系有大量的课余时间读小说不同，现在的中文系学生整天忙于上课，如同赶场。贯彻各种教育方针的措施只开课一途，譬如上面要求培养学生的"创新"精神，那就开设"创新思维训练"课程，于是各种名目的我们当年连听都没听说过的课程赫然进入中文系的课程列表。课余时间本就可怜，还要应付各种名目的检查、考核、评比，"被驱不异犬与鸡"，每一种考核评比背后都有"先进"的教育理念作为依据。

好玩的是，学生根本没有时间读书，提倡读书的各种活动又层出不穷，拍成照片，摆在橱窗里。更好玩的是，学生根本没有时间读书，统一印制的读书笔记，又人手一本，按期上交。不读书，或基本上不读书的同学，因读书笔记做得好，惨遭表扬，已是"司空见惯浑闲事"。

若问，中国为什么没有产生一流的讽刺文学？我现在来告诉你答案：只因生活本身太荒谬，也太精彩，任是什么样的讽刺文学也显多余。

"砸场"记

　　老友李军的传媒公司搞中小学生作文比赛，颁奖的时候想请我到场讲几句。我不惯抛头露面，加之一肚皮"不合时宜"，"一句话能毒死一个连"，所以即使为老友的生意计，也该敬谢不敏。怎奈李兄意颇坚决，最后我提出"要讲就只能按我的意思讲"，李兄颇爽快，一口答应。

　　地点设在一家书店的二楼。我到的时候，已经颁奖完毕，一屋子人静等聆听我的"高见"。李兄兼做主持，介绍我是研究生、副教授，又说我是"作家"。我虽说发表过几百篇杂文随笔，出过一本散文随笔集，却至今不知道作协、文联的门朝哪开，算甚作家！若在私底下，我一准回敬"我不是作家，你才是作家，你们全家都是作家"。

　　噼噼啪啪一阵掌声后，我的讲话开始。我回忆起小时候做得最多的作文题是"我爱我的家乡"，我说这样的作文题现在看来很成问题，因为它把那些不爱自己家乡的人的表达真实感情的权利剥夺了。如果允许讲实话，在我们那旮旯儿，乡人所以还算重视孩子的教育，还不是希望有一天能离开这个"鬼地方"……我正得意忘形地侃侃

170

而谈，主持人李兄克制而礼貌地打断我——他的脸色这时已只好用"铁青"来形容。我这才想起曾被交代过，他们此次作文比赛的主题是"我爱我家"，而"爱家乡"无疑是"我爱我家"的题中之义。我这不等于一上来就把人家的征文主题给否定了？好在有李兄打圆场，"丁教授所讲跟我们这次征文主题并不矛盾，爱家乡有各种方式，批评家乡也是爱家乡的一种表现"云云。我顿时对我这个老友记佩服得五体投地，这小子的应变能力什么时候变得那么强了！

更大的麻烦出在提问环节。有在场的学生家长问：您对学生读课外书怎么看？我几乎是不假思索地回答："读什么书！多做数学题！"作为此次活动的合作方，漂亮的书店女老板这时表情已然不好看，不断地拿眼瞅我的老友记。但是老天作证，我跟我女儿也是这么讲的！我喜用极端化的表达。很平正的"阅读不可耽误功课"到了我的口中就成了"读什么书！多做数学题"。极端化表达的缺点是看起来扎眼，听起来刺耳；优点是可以暴露一些不为人注意的问题——考虑到越来越激烈的学业竞争环境，读书固好，却在多大程度上会成为很多家庭的不能承受之重？也许是受我这个父亲影响的缘故吧，女儿自小酷爱阅读，有好多年这竟成了我们夫妻的一块心病。我夫人的话可能太直接了些：你将来做教师、做律师、做医生，喜欢读书谁也不会说什么；你将来在菜场卖菜，难道手里也捧着一本书！我们夫妻难得在这一点上意见一致，现在不让她或少让她看书，正是为了她长大成年后能拥有一个可以自由享受阅读的体面生活，而这就需要她将来从事的工作能给她自由与时间。我们现在要女儿克制阅读的欲望，把精力集中于课业，就是因为"希望她将来能拥有选择的权利，选择有意义、有时间的工作，而不是被迫谋生"。

又有小学生问：写好作文就要经常积累好词好句吗？这个问题勾起了我非常不愉快的回忆。女儿上小学四年级的时候，有一回老师布置的作文题是《第一次给妈妈洗脚》。从来没有给她妈妈洗过脚的女儿，为了完成这篇作文，第一次给她妈妈洗脚，然后如实记下了"给妈妈洗脚"的全过程，包括她妈妈催她快点，说"我还要去洗碗、拖地呢"。女儿的作文在我这里通过了，在老师那儿却被判为"不合格"，撕掉重写。我问女儿，别人都怎么写的，女儿给我举了个例子，给妈妈洗完脚后，很多学生会写"妈妈脸上的笑容比彩虹还美"。天啊，写下这句话的孩子见过彩虹吗？不要说小孩子了，我今年活了快五十了，我们小时候的空气质量也非现在可比，然在我的印象中，也没见过几次彩虹。显然，这样的句子来自所谓"好词好句"。我知道，现在很多语文老师还有作文培训机构都把平时积累好词好句作为写好作文的秘密武器；好像学生写不好作文，就是因为头脑中好词好句太少，这就把病源给诊断错了。在我看来，写好作文不需要什么"好词好句"啊。小孩子妙语天然，随口而出就是妙文，要真正给他们自由。阿城《孩子王》中穷孩子王福的作文《我的父亲》：

　　　　我的父亲是世界中力气最大的人。他在队里扛麻袋，别人都比不过他。我的父亲又是世界中吃饭最多的人。家里的饭，都是母亲先让他吃饱。这很对，因为父亲要做工，每月拿钱来养活一家人。但是父亲说："我没有王福力气大，因为王福在识字。"父亲是一个不能讲话的人，但我懂他的意思。队上有人欺负他，我明白。所以我要好好学文化，替他说话。

这样的让人动容的作文需要什么好词好句呢！我本还想继续说下去，突然想到此次比赛的承办方就是某作文培训机构，获奖学生也多是这个机构的学员，而他们的老总此时就坐在门边，至于脸上的表情怎样，老实说我根本没敢看。

果然是"露多大脸"，就"现多大眼"啊！事情过去不到三天，就有一段题为《丁辉副教授砸场记》的"仿评书体"在微信朋友圈流传。我这样的人，就该从各种"场面"上永久性撤退，躲进书斋成一统，于自他两利。这篇小文是自诚，也是自勉。

"看书"与"读书"

当下的汉语里，不拘书面和口头，"读书"与"看书"已然是不加区分，可以替换使用；但是在早先，"读书"与"看书"是不一样的。有的书宜"读"，而有的书则宜"看"。

所谓"读"书，出声诵读之谓也，文言一点的说法叫"吟哦"。鲁迅《从百草园到三味书屋》里写寿镜吾老先生的吟哦很传神，读到妙处，老先生"总是微笑起来，而且将头仰起，摇着，向后面拗过去，拗过去"。这段描写曾被有的教参解为"迂腐和冬烘"，我觉得这有点过度阐释了。鲁迅对自己的这个启蒙师一直是非常尊敬与怀念的，且鲁夫子本人年轻时也未尝不爱吟哦。据《集外集·序》，青年鲁迅独喜吟诵激昂慷慨、顿挫抑扬的文章，"被发大叫，抱书独行，无泪可挥，大风灭烛"这样的警句是鲁迅青春记忆的一部分。

所谓"看"书，即不出声的默读是也，浏览是也，甚至一目十行、不求甚解的随便翻翻是也。不妨还以鲁迅来说事。鲁迅藏书超过一万四千册。这些书中的多数，只能说鲁迅多"看"过。鲁迅正经介绍过的读书经验恰是"随便翻翻"，若非终身保持随便翻翻的习惯，鲁迅未必会那么博洽周致，淹贯古今。

曾国藩在给其长子曾纪泽的一封家书中曾明确区分"看书"和"读书"。曾氏举"四书"、《诗》、《书》、《昭明文选》,李、杜、韩、苏之诗,韩、欧、曾、王之文为宜"读"之书,"非高声诵读则不能得其雄伟之概,非密咏恬吟则不能探其深远之韵";另举《史记》《汉书》《近思录》之类为宜"看"之书。曾氏连用两组譬喻,以明"看书"与"读书"之别,先喻之以"富家居积":

> 看书则在外贸易,获利三倍者也;读书则在家慎守,不轻花费者也。

又喻之以"兵家战争":

> 看书则攻城略地,开拓土宇者也;读书则深沟高垒,得地能守者也。

曾文正于"读书"之"用"连用两个"守"字,一则曰"在家慎守",再则曰"得地能守",意思显然是,对于汉文化、文学经典中的经典,非心摹口追,吟而成诵,则无以习得一生立身、处世、为文、向学的基本功夫,或谓"看家"(守)本领。然人的精力毕竟有限,而书籍则浩若烟海。本本皆"读",人会活活累死。宜"读"之书可谓百里挑一,甚至千里挑一,大多数的书皆属可"看"之书。除了《汉书》《近思录》外,像曾氏经常对子弟提起的王夫之《读通鉴论》、顾炎武《日知录》等无疑皆是曾氏意中宜"看"之书。对于这些书,非旁搜博览地"看"去则无以广见闻而增识力,曾氏所言"获利三倍""攻城略地"正此之谓也。

上引曾氏家书作于咸丰八年七月二十一江西行军旅次。一个月后的八月二十，曾氏于弋阳军中给曾纪泽的又一封家书中，言及作诗、作文之法，再次强调了"诵读"的重要：

　　须熟读古人佳篇，先之以高声朗读，以壮其气，继之以密咏恬吟，以玩其味。二者并进，使古人之声调拂拂然若与我喉舌相习，则下笔时必有句调奔赴腕下。

曾氏的这番话或可解释一个现象：即使写作水平再次之人，亦有过写作进步飞快的时候。我指的是从小学二年级升入三年级的时候。通常的，二年级还不会作文，到了三年级，开始写作文，写得怎么样那是另外一回事，不管怎么说，这是一个从无到有的过程。何以能如此？无非是因为小学一二年级的每一篇课文，你皆能吟而成诵，"自有句调奔赴腕下"而已。

以年龄阶段论，童年、少年时代，要为一辈子练就"童子功"，于书当然是以"读"为主；年龄渐长，逐步过渡到以"看"为主，甚至只"看"不"读"。而我则年近五十，犹有吟诵之好。这当然只是我个人积习，不足为训。唐诗宋词，这些宜"读"之书不必说了；小说总该属可"看"之书吧，然我每遇到好的小说语言就有把它背下来的冲动。王小波曾言"好的小说不仅可以用来看，而且可以用来听"，看来小波或与我有同好也说不定。王小波经常举的例子是王道乾译杜拉斯《情人》的开篇；我常举的例子则是何士光的《日子》的开头。俗语云是骡子是马，拉出来遛遛；文字好不好，也只需念出来听听。不信，你听：

祖母老了，夜半我醒过来，透过屋里浊重的夜色，就看见她衰老的面影。小巷和院落已经说不出的嘈杂，但窗棂上还是映着细碎的星光。城市的夜声传过来，也玄秘到令人莫测……但星光还是闪烁，夜色也消消停，渐渐地就有鸡声叫起来了，在这稠繁的街巷里，啼叫得也殷勤……

　　我知道再背下去就有骗稿费之嫌了。非比现在百人一调，千人一腔的"普通话写作"，上个世纪八十年代的小说语言真是好啊，何士光只是其中之一而已。当然，八十年代值得怀念的东西很多，小说语言也只是其中之一而已。

"文科班"的浮沉

    1986年下半年，高一上学期快结束的时候，我已经打定主意高二分科选学文科。那个时候是文理大分科，又没有后来的所谓"会考"，所以一旦选定文科，高一便可以完全不学物理和化学。我们中胆子大的几个，到了物理课和化学课，便自座位上呼哨而起，一人夹一本闲书，从教室里仰首踱方步而出，像骄傲的公鸡，视满堂男生的恣情开怀和女生的掩口胡卢如无物。那真是一个可以以文科而骄人的时代啊！

    像我这样胆子小的，虽然人还留在教室里，也对老师的讲课充耳不闻。认真的好学生，已经低头看上了借来的高二历史书和地理书；我从来不是好学生，看的是从镇上邮局书报亭买来的《小说月报》和《小说选刊》。这个时候我正痴迷于马原的"迷宫"、洪峰的"瀚海"，至于知道他们的小说属于所谓"先锋文学"是上大学以后的事情了。因此，我差不多是在这些先锋作家刚一出道的时候，就在高一的物理和化学课上读过他们的小说，这成为我后来很长一段时间吹牛的"资本"。

    到了高一下学期，老师们其实对班上哪些准备学理科、哪些准备学文科已经了然。化学老师石志林从来不管我们这些准文科生；独有物理老师张绍忠有时会耍一耍我们，提问的时候，先把我们中的一个叫起来，然后还没等我们开口，便阴阳怪气地说："对不起，对不起，请坐下，你是学文科的！"每到这个时候，套用鲁迅小说里的话，课堂里便充满了快活的空气。

转眼到了高二，文理分科后，四个理科班，两个文科班。诗写得最好的"狐狸"，高一的时候便办文学社风生水起，整天穿一件民政救济的破滑雪衫在校园里招摇，到处找女生朗诵他的新诗，分科后却去了理科班，因为他的理想是工程师；相反，参加省里的数学竞赛拿过奖的"叫驴"，却来了文科班，成为我们的同学，只是为了不离开自己一直暗恋的班花，直把一向器重他的数学老师气得够呛。那确是一个"爱好文学"便可以"泡"到小姑娘的时代，那确是一个为了梦想与激情可以抛掷青春的时代！

不得不提《杂文报》。镇上邮电局的那个小个子职工因为常来文科班推销《杂文报》，成了我们很多人的哥们。《杂文报》以一张小报引领八十年代的思想潮流，"革故鼎新，激浊扬清"（《杂文报》报头）是那个时代的黄钟大吕。全班争看《杂文报》，最后班上却找不见几张《杂文报》——硬是传来传去给看没了！二十多年后，我成为《杂文报》的资深作者，和报社的老编辑谈起这些陈年往事，唏嘘不已。这时《杂文报》因经营困难，已是举步维艰，勉强维持到2014年底，终以一简短的"停刊公告"布告天下，一个时代就此落幕！

文科班人数少，却可称"群贤毕至"。"麦秆"和"秀才"具书家潜质。麦秆那个时候正临摹李邕的帖子，这个冷僻的唐代书家今天的美术专业人士也未必听说过。秀才的字那个时候已相当圆熟。

镇医院最有名的胡姓大夫的诊室里悬着他写的横幅，录的李清照的《夏日绝句》。我一直很遗憾他们后来都抛却翰墨，别有生途。秀才大学毕业后着意仕进，然宦海风波恶，刚长某局没多久，便因区区几万元而陷囹圄——他若能一意临池，相信也早凭书艺出头，何至如此！那时没有补课，没有做不完的练习，后来中学里每月折腾一次的所谓"月考"（现在自欺欺人曰"学情调研"），我们那时连听都没听说过；班级墙报《晨曦》却由大家轮流编辑，定期刊出。李军的散文，写故乡风物；"鸭蛋"的小说印象中竟有我们苏北老乡汪曾祺的味道，都是墙报上我们的最爱。我们班甚至有制谜高手。1988 年元旦晚会，学春晚穿插猜谜，班长王为民制作谜面，谜底全部是本班同学的名字。以"唐家部队"猜"李军"，以"墙角一枝梅"猜"辜芳"这些算不得什么；最妙的是以毛诗"已是悬崖百丈冰，犹有花枝俏"猜本班女神"谷彩梅"！去年同学聚会，谷彩梅没来，听说忙着在家带孙子。我们的女神已经做奶奶了！这个消息让全场黯然许久。好像这个时候我们方意识到，我们的青春已然 gone with the wind。

今天，在这样的天寒地冻的夜晚，我突然想起了我们当年的"文科班"，目的却不是借回忆自我取暖。当年，有个性，有梦想，有激情，有活力，以才气凌人，以狂气傲世的"文科班"如今安在哉？从在中学做老师的朋友那里听说，如今的文科班里汇集的多是"理科泪汪汪，文科眼茫茫"；选择文理的标准已经不是志趣，而是"能学理科尽量学理科，实在不行才学文科"；众多学校因选学文科的学生太少，开不起班而发愁……文科班之"式微"竟一至于斯！"文科班"的浮沉或是一窥近二十年社会价值观变迁的绝佳视角，社会学者、教育学者其有意乎？

泰戈尔若再来也要苦闷

别的领域我不熟悉，所谓"隔行如隔山"，所以不敢说；但对教师群体的职业倦怠，我却是耳濡目染，它甚至就是我目前正在呼吸的空气，正在进行的生活。

究竟是什么让我们身心交瘁？是劳累吗？绝对不是。单单劳累不会击垮一个人，相反，为有意义的事情劳累往往还会成为一个人的精神寄托，甚或自救之道，所以有一种累叫"再累也不觉着苦"；真正能击垮一个人，让一个人身心交瘁到怀疑人生的是为无意义的事情去劳累。其实这一点道理，一百多年前，陀思妥耶夫斯基在《死屋手记》里已经讲得很清楚。原文有点长，怎奈说得太好，这里只好不避骗稿费之嫌，照录如下：

要想把一个人彻底毁掉，对他进行最严厉的惩罚，只需让他干一种毫无益处、毫无意义的劳动就行了。尽管现在的苦役劳动对于苦役犯来说是毫无兴趣和枯燥乏味的，然而就劳动本身来说，它还是有意义的：囚犯们烧砖，挖土，抹灰泥，盖房，这样的劳动还是有意义和有目的的。

苦役犯们有时甚至醉心于这种劳动，希望把活干得更巧妙、更迅速、更出色。但是如果强迫他，譬如说，把一桶水从一只桶里倒进另一只桶里，然后再从另一只桶里倒回原先的一只桶里；或者让他把一堆泥土从一个地方搬到另一个地方，然后再搬回去。——我想，几天之后，这个囚犯就会上吊，或者宁肯犯一千次罪，也不愿忍受这种侮辱、羞耻和痛苦。

铸造灵魂，臻于美好；传承文明，沟通未来。天下最美好的事情莫过教育。然事实怎么样呢？如果允许讲实话，我不得不说，意义亏空和意义焦虑正在抵消着教师这一职业的美好。

系里要为每个班配备专业导师。这自然是好事，我亦乐为之。但为了方便领导的检查、考核，要整一大堆材料，却叫我望而生畏。比如，按规定，专业导师要找一定数量的学生谈话，相应地就有"谈话记录表"。是啊，没有"谈话记录表"，怎么证明"你找学生谈过话"呢？你妈妈从小没少对你苦口婆心，动之以情，晓之以理，现在一概都可不予承认，要不，你让她向你提交当时的"谈话记录表"，保证她老人家立马傻眼。

指导学生的毕业论文，当然也是好事，我亦乐为之，但最后让师生双方焦头烂额的不是论文，而是一系列表格：选题申报表，开题报告表，毕业论文任务书，中期检查表，评阅老师意见表，指导老师意见表……最好玩的是"毕业论文指导记录表"！是啊，没有"毕业论文指导记录表"，凭什么说你"指导"了学生的毕业论文呢？

原来，我在领导眼中是"有可能骗取工作量"的骗子，既如此不信任，为什么又要把这么重要的工作交给我呢！或者，原来，在领导看来，我们每一个教师都该有自己的"起居注"，一言一行，皆须记录在册。就是放一个屁，也当有人恭敬如仪地来一句"高耸尊臀，宏宣宝屁"实录在案。只是我们教师不像古代的帝王有起居郎、左史、右史这些屁颠屁颠的"众卿家"可供差遣，这样的让领导称心、放心的"起居注"只好由"朕"自己来编、来造了。

所谓"痕迹主义"，事事要留痕，虽经权威党媒声色俱厉，非唯没有收敛，反是如积重难返，日益变本加厉。每到期末、年终，或是检查、考核、验收、评估，就有填不完的表格，胡天胡地的各种名目的所谓"支撑材料"。网上流传的"某某老师，你醒醒，领导还要求交电子版"的段子，当然是笑话，却让人笑不出来。

"痕迹主义"是形式主义，是官僚主义，是本末倒置，已屡经椰揄，然却少有人意识到，它还是对人的折辱。读明朝史料，常欲废书而恸。有明一代折辱士夫，无所不用其极，遂锻造出中国历史上最无赖，也最腐烂的朝代。如今，挖空心思地折辱教师，究竟是所为何来！

"天空没有留下翅膀的痕迹，但我已飞过。"印象中这是印度诗人泰戈尔的诗句。他曾于距今九十五年前的 1924 年来访中国。我想说的是，泰戈尔若再来，只恐也要苦闷：既然天空没有留下翅膀的痕迹，凭什么说你已飞过?!

须谨慎对待的精神遗产

我注意到，近十年来，关于古代的"二十四孝"频起争议，至今不绝。我觉得这是好事，因为这些争议本身就告诉我们："二十四孝"是一笔必须谨慎对待的精神遗产。

中国人自古喜谈道德，说得学术化一点，叫"泛道德主义"，把道德挂在嘴边，这也道德，那也道德。于是中国成了一个"道德义士"和"道德佳话"几近泛滥的国度。要命的是我们几千年来津津乐道的很多"道德佳话"往往有违"人情之常"。大禹治水"三过家门而不入"，是堂皇地被写入"正史"的，但细究起来，就颇为可疑，因为这太有违人情，所以我上大学时的一位老师曾就此揶揄道：大禹三过家门而不入，都是晚上偷偷地跑回来。

鲁迅当年痛诋"二十四孝"的故事，自然也是因为这些宣扬"孝亲"的故事太有违正常的人情。"黄香扇枕""子路负米"尚称可学，但条件也是小孩子能"扇"得动，"负"得动。"陆绩怀橘"讲的是三国时陆绩在袁术的宴会上偷橘子"归以遗母"，这似乎也不难，当然前提是有阔人请我等吃饭。"哭竹生笋"就可疑："孟宗后母好笋，令宗冬月求之，宗入竹林恸哭，笋为之出。"如是狠毒之后

184

母姑且不论，鲁迅说"怕我的精诚未必能够感动天地"。至于"卧冰求鲤"，大冷的天，为了后母能喝上鱼汤，脱去衣服睡到冰上，准备用体温化冰捉鱼，可就有性命之虞了。鲁迅写道："我乡的天气是温和的，严冬中，水面也只结一层薄冰，即使孩子的重量怎样小，躺上去，也一定哗啦一声，冰破落水，鲤鱼还不及游过来"。到了"郭巨埋儿"，说的是汉郭巨家贫，有子三岁，贫乏不能供母，子又分母之食，竟埋此子。这样的"孝亲"故事让少年鲁迅"对于先前痴心妄想想做孝子的计划，完全绝望"，且"我已经不但自己不敢再想做孝子，并且怕我父亲去做孝子了"。

　　道德问题在中国自古就不是单纯的道德问题，而是和政治意识形态纠缠在一起。表面上讲的是道德，其实讲的是政治。中国的政治伦理妙在"推演"，历朝历代所以宣称"圣朝以孝治天下"，无非是由"孝亲"可以推演出"忠君""体国"。中国的很多道德原则看似对等，其实是有差等的，所谓"君惠臣忠，父慈子孝，兄友弟恭"，侧重者在"臣忠""子孝""弟恭"，且"弟恭""子孝""臣忠"构成一个层层推演、累积的伦理系统。因为弟弟要尊敬、爱戴兄长，儿子要服从、孝顺父亲，所以，臣子自然应该对君主尽忠。可见，"二十四孝"故事背后的推手正是古代的皇权专制主义，其目的并不是要培养"孝子"，而是"忠臣"。曹操以"非孝"的罪名杀了孔融，所谓"非孝"，只不过是"欲加之罪"的借口罢了，说到底，曹操又哪里算是什么忠臣孝子！

　　"二十四孝"是古代的道德"典型"。而"典型"则必联系着特定时代的"时代要求"。欲使过去的典型为今天可以倚重的道德资源，指陈这些"典型"的负面因素，把它们与过去时代的"时代要求"剥离便是必不可少的工作。

道德滑坡或谓"道德血液"的败坏是任谁都无法为我们这个时代开脱的，而道德问题的解决却不能只靠"讲道德"。这里还是让我们来重温当年胡适的教诲吧：

　　　　一个肮脏的国家，如果人人讲规则而不是谈道德，最终会变成一个有人味儿的正常国家，道德自然会逐渐回归；一个干净的国家，如果人人都不讲规则却大谈道德，谈高尚，天天没事儿就谈道德规范，人人大公无私，最终这个国家会堕落成为一个伪君子遍布的肮脏国家。

　　胡适的很多话即使今天听来依然是振聋发聩，此亦是一例。

　　作为"传统经典阅读"活动的"节目"之一，女儿的学校让家长给每个学生准备古代的蒙学读本《幼学琼林》，我随手翻看之余不免大惊失色。这里随便举个例子，比如，"夫妇"一门，有"杀妻求将，吴起何其忍心；蒸梨出妻，曾子善全孝道"。前句谓吴起为了能当上讨伐齐国的鲁军主将，竟杀死自己的齐国籍妻子以消除鲁人的怀疑；后句谓孔子的学生曾参因为妻子蒸梨不熟，其母不肯吃，就休掉了妻子。吴起是武人，刻毒一点也就罢了，且对吴起的"杀妻求将"，《琼林》的态度尚称暧昧；曾子的"蒸梨出妻"，《琼林》是明确赞其"善全孝道"的。而曾子可是"行为世范"的大贤，如此刻戾寡恩，如若不是后人杜撰，我就难免欲骂一句——这样的人简直就不配有妻！此类故事和"二十四孝"里的"老莱娱亲"等正是一类，"将肉麻当作有趣，以不情为伦纪，污蔑了古人，教坏了后人"，鲁迅说得何其痛快！

　　谁都不能说"弘扬传统"有错，但"弘扬传统"弄到今天这样的乌烟瘴气的田地，却是谁之过？

186

卧室里的大象

　　渐渐地发现，想让六岁的女儿出去到外面玩一会儿竟成了极困难的事。最后除非她妈妈用给她买新玩具做"诱饵"，或者由我瞪圆了眼睛做怒目而视状，她才会极不情愿地噘着嘴，一步三挪地出门，下楼。然不到十分钟，便响起了捶门声，一个稚气的声音在门外高叫："我已经在外面玩过了，快开门！"她还是惦记着电视里的《喜羊羊与灰太狼》啊！

　　我们这些做父母的于"徒唤奈何"之余，不由得发出"今夕何夕"之叹！想当年，"外面"对于幼小的我们是多么具有吸引力啊！"外面"就意味着自由，意味着一个不受拘束的、可以自由嬉闹的另一个世界！这才多少年呀，作为科技进步的结晶的电视竟使得阳光、花草、草地上的追逐嬉戏对于一个幼儿有时竟全无吸引力，难怪西方人管电视机这个东西叫"白痴箱"（the idiot box）了。

　　对门李家的上五年级的小孙子迷上了电子游戏，我常常在楼道里碰到这个孩子，两眼迷迷瞪瞪的，苍白、倦怠的小脸看了更让人揪心。我不禁想到了我们这一代人"游戏的童年"。那个年月没有现在那么"好"的条件，然而即使是在我所生活的乡间，游戏给予我们的也不是苍白与倦怠，而是活力与舒畅。那个时候属于孩子的游戏大多跟土地、泥土有关，用树枝在地上划上"格子"，便可以玩"跳房子"；画上"地道"，便可以玩"跑地道"；或者从河边挖来烂泥，团吧团吧，就可以玩"掼大炮"。河滩上、林子间的鸟噪蝉鸣配合着我们关于"输赢"的争吵与叫嚷。渐渐地暮色四合，炊烟袅袅，在母亲"回家吃饭"的急切呼唤声中像一群撒欢的小兔往家跑，边跑边约定了明天的时间和地点。站在母亲面前的我们，身上像个泥猴子，小脸上却是汗津津、红扑扑的，啊，多好啊，汗津津、红扑扑，那是生命的活力与光彩！

　　然而，真是"今夕何夕"，游戏从户外"撤退"到了室内。"游戏"这个词对于如今的孩子已经不再意味着灿烂的阳光下，繁花细草的河滩上生命的自由舒展与驰骋，而是意味着网络、软件、产业这些他们还未必深刻了解的东西。

　　几乎每一种技术进步于便捷了我们的生活的同时，也隐伏着那些起初虽不易觉察、日久必蔓延无尽的困境与危险。是要青山绿水、蓝天白云，还是要那些给我们带来可观的 GDP 的工厂，以及车船乃至飞机的便捷？类似这样的"两难"也许将长久地考验着人类的理性与智慧。当电子游戏已经成了某种让人痛心疾首的东西，电子游戏自身也已"壮大"成为"产业"，而产业又联系着资本的投入与产出，电子游戏成了愈加无法撼动的庞然大物。跟电子游戏这匹"卧室里的大象"（"卧室里的大象"本一西谚，胡泳先生以之比附电子游戏，妙极）相比，无数的忧心如焚的父母，还有那些陷身其中难以自拔的孩子形同蚂蚁！

　　"我们不要一个被科学游戏污染的天空，我们不要被你们发明变成电脑儿童"，这是罗大佑《未来的主人翁》中的两句歌词。罗大佑写下并唱出这两句是在二十世纪八十年代初，正是台湾历史上人心动荡、风雨飘摇的岁月。这里几乎用得上汉语中的一个成语"一语成谶"，因为，由今观之，当年罗大佑内心的忧虑与不安已然成为关于如今这个时代的精确预言。

　　写到这里，小文本可结束，但既然提到了罗大佑，不妨再追加一句：不需要再过多少时间，这片土地上的儿童还能听得懂罗大佑在另一首歌中所唱的"游戏的童年"否？

谁在"媚俗"？

华中师大的硕士生高建伟同学的硕士论文以"关于屁的社会学研究"为选题，提交答辩后不仅获通过，且被评为优秀。这件事借助微信朋友圈的便捷，正在我们这个社会引发一波又一波的笑浪。

我认为，世间万物，皆有道道；世间万物，也就都可以成为学术研究的对象。倒是有人指这样的论文选题为"媚俗"，让我想起了发生在两千多年前汉朝的一件事。

汉宣帝时，京兆尹张敞因为大清早替自己的妻子画眉毛，竟为言官弹劾。大概在该言官看来，给妻子画眉，非唯低俗，且有损朝官威仪。张敞回奏曰："臣闻闺房之内，夫妇之私，有甚于画眉者。"张敞的回答多么痛快，两千年后听来，犹觉其掷地有声！

听说电影刚传进中国的时候，每演到男女亲热的镜头，必有德隆望尊的族长之类，大呼"闭眼"，待人家亲热终了，再呼"睁"，于是"礼成"。其实，不管是那位弹劾张敞的言官，还是那些大呼"闭眼"的族长，鲁迅说，"只需看他们尚有儿女，大约未必总那么道貌岸然"。鲁迅的"一语道破"和两千年前张敞的"掷地有声"遥相呼应，足供我们为世态人心而发一噱。

190

"媚俗"一词已经由滥用而"误用",亟须来一番正本清源。"媚俗"成为当代汉语中的一个流行词汇,始自二十世纪八十年代,韩少功用这个词翻译了昆德拉《生命中不能承受之轻》(*The unbearable lightness of being*) 中的"kitsch"一词。昆德拉举对待大便的态度为例,阐释了他所反对的"媚俗作态",比如说"认为大便是不道德的",昆德拉说:

　　　　媚俗就是对大便的绝对否定;媚俗就是制定人类生存中一个基本不能接受的范围,并拒斥来自这个范围内的一切。

在昆德拉的《笑忘书》中,"反媚俗"的爱德维格便困惑于"为什么从眼睛里流出的带咸味的水是高级的、富有诗意的,而从膀胱里排泄出来的却是令人讨厌的"。若依照昆德拉的标准,前述那位弹劾张敞的言官,还有那些大呼"闭眼"的族长们才是典型的"媚俗"者不是吗?!

　　本省某高校团委在校园里设置了"校园巡视岗",让勤工助学的学生戴上红袖章,美其名曰"文明风纪监察员",在校园里四处巡视。一旦发现校园情侣有过分亲热举动,"红袖章"就要及时上前提醒、制止:哎,同学,请自重。因为本人也在高校任教,所以有一次,在某个场合,被要求就此事表态。我一向擅长揣摩并迎合"领导意图"的,但那天或许又灌了二两黄汤,酒精烧的吧,竟不知天高地厚地"捍卫"起青年男女恋人"亲热"的权利,于是某领导便指我为"媚俗"。领导可知,按昆德拉的本意,我不是媚俗,他才是媚俗!当然,我只敢在心里腹诽,否则,我说"The unbear-

191

able lightness of being" "kitsch"，领导会说我 "说什么鸟语"；我说昆德拉，领导会说 "昆德拉是谁"；我说 "大便" "膀胱" "眼泪"，估计领导就会说 "滚"，如此纠缠到天亮也未必能把这点道理讲明白。

周作人写过一篇《上下身》，起首一段实在精彩，这里原文照录，虽然有骗稿费之嫌，也顾不得了：

人的肉体明明是一整个，背后从头颈到尾闾一条脊椎，前面从胸口到"丹田"一张肚皮，中间并无可拆卸之处，而吾乡的贤人必强分割之为上下身——大约是以肚脐为界。上下本是方向，没有什么不对，但他们在这里又应用了大义名分的大道理，于是上下变而为尊卑、邪正、净不净之分了：上身是体面绅士，下身是"该办的"下流社会。这种说法既合于圣道，那么当然是不会错的了，只是实行起来却有点为难。不必说要想拦腰的"关老爷一大刀"分个上下，……即使在该办的范围内稍加割削，最端正的道学家也绝不答应的。平常沐浴时候，要备两条手巾两只盆两桶水，分洗两个阶级，稍一疏忽，不是连上便是犯下，紊了尊卑之序，深于德化有妨；又或坐在高凳上打盹，跌了一个倒栽葱，更是本末倒置，大非佳兆了。由我们愚人看来，这实在是无事自扰，一个身子站起、睡倒或是翻个筋斗，总是一个身子，并不如猪肉可以有里脊五花肉等之分，定出贵贱不同的价值来。吾乡贤人之所为，虽曰合于圣道，其亦古代蛮风之遗留欤。

没有哪天不排气，却对排出的"气"听而不闻，视而不见，甚至宁信其无，这就是"对屁的绝对否定"，这就是把"屁"划入"人类生存中基本不能接受的范围"。究竟谁在"媚俗"，不是很清楚的事情吗?!

包场子·跑片子·断片子

老家方言里有三个词：包场子，跑片子，断片子。这三个词都跟早年乡间的露天电影有关。

所谓"包场子"，就是村里每有喜事，自然主要是结婚，主家出钱包场电影，答谢乡邻亲朋。我早年在乡间，这样的电影没少看。银幕上我军首长正做战前动员："我们的两条腿呀，一定要跑过敌人的火车轮子！"接下来喇叭里传出的声音却是"喂，喂，主家请还没有坐席的亲朋好友赶紧去坐席"。我不是主家的亲朋好友，不知在听了放映员这样的通知后，咽过多少口水，所以至今还记得。后来，谁家有子弟考上学校，有时也会由村里出钱，放场电影，以资表彰。我不说"考上大学"，而说"考上学校"，是因为当年不必是"考上大学"，就是考上个中专，也是跳出农门，吃商品粮，在村里照样是了不得的大事。

经常会有一部电影同一晚上在两个村子同时放映的情况，而电影拷贝只有一部。则需安排专人负责"跑片子"。一卷胶片在这个村子正放着，跑片子的人已经在放映机旁焦急等待。短一点的电影还好，一般只有两卷胶片；长一点的电影，往往有三卷，甚至四五卷胶片，跑片子的人一个晚上便要在两个村之间，往返三到五趟。我们村当年经常被安排跑片子的是王三样，一个老光棍。有时候跑片子来得不及时，下面便开始骚动，男人开始抽旱烟，不断有孩子到大路上望，看有没有王三样的手电光，女人们等得不耐烦了就骂：这该撅腚死的王三样，又给赵庄那个小寡妇绊住腿了吧。王三样有大名，但是没人叫，人都叫他"王三样"，因为他家里只有一个吃饭用的大搪瓷碗，一辆"除铃铛不响哪都响"的破自行车和一个手电筒三样像样的物件。后两样东西还是村里专为跑片子给他配的。后来我到镇上上初中，老师讲"家徒四壁"这个成语，说是夸张，"形容一个人极端贫穷"，我就想到了王三样，并在下面嘟哝：哪里是什么夸张啊。

电影胶片放映的次数多了，甚至存放的时间长了，都会影响胶片的使用寿命。"断片子"就是放映中途，胶片突然断了，银幕上一片亮亮的空白。断片子自然扫兴，但也非全无乐趣。大一点的孩子，会点燃从大人那里偷来的旱烟，深吸一口，吐向光柱，然后就看到银幕上一团烟雾，袅袅飘散；小点的孩子则把手伸进光柱，在银幕上映出各种奇形怪状。这个时候，放映员则在接片子，接片子需要把两边各剪去一截胶片，这会让围着看的孩子们一阵兴奋。有个蔫坏的放映员这个时候就会拿着两截剪下的胶片，说"喊大，谁喊大给谁"，于是便有几十个孩子同时冲他喊"大"。老天爷后来成全了这个放映员的"喜好"，让他一连生了七个女娃，才又生了个带把的。一天到晚有八个孩子冲他喊"大"，还不到四十，就糟蹋得跟个小老头似的。

包场子、跑片子、断片子三个词据以产生的情境早就消失了。不要说露天电影早经不在，随着电影数字化时代的到来，电影胶片也快成老古董了。我原以为只有当我们这些中年人"把酒话当年"的时候才会用到这些词，不承想这次回乡小住，无意中得知，这三个词竟然还都在用，只是"所指"发生了漂移。

"包场子"现在用来指一种人。这些人在饭桌上口吐白沫，滔滔不绝，从入座到宽坐，只他一个人在讲，别人插不上话。我有一旧日同事就是这样的"包场子"。据他讲，有两次没法敞开来讲"差点被憋死"，一是第一次上丈母娘家。新姑爷上门，哪里好信口开河，否则不成了别人眼中的二百五；一次是请他正上初中的闺女的任课老师吃饭，作为家长，势必也得矜持点——原来他也知道"包场子"是种毛病啊。

"跑片子"现在则是指一个晚上赶两个以上饭局。在同一个饭店好办，也就是从一个包间踱到另一个包间的事儿；不在同一个饭店，则需紧赶慢赶，赞助老家出租车业是免不了的。饭局多到需"跑"自然非"酒精"考验的官人和左右逢源、上下通吃的交际明星莫办。

"断片子"一词老家方言也还在用，意思同样异于从前。"断片子"现在是指一个人酒喝多了，第二天对酒后发生了什么全无记忆，怎么到的家，怎么上的楼，怎么上的床，统统想不起来。医学上的正规说法叫"间断性失忆"。间断性失忆是年老的标志之一。写到这里，悚然而惊，五十之年，越来越扛不住酒了，稍微喝多点，就"断片子"了！

有感于语言的生命力之顽强及民间的语言创造力之奇崛，故有此文。可资谈助之余，抑或可供研究语言社会学和社会语言学的专家参考。

我的学生周子云

　　周子云是我的学生。周子云的父亲看来是念过几天书的，因为据说周子云的名字取的是"子曰诗云"之意。只是周子云的语文成绩从来没有及格过，很对不起这样的名字。周子云的作文写得不好，但不平庸，偶出惊人之语，用今天的时髦话讲叫"雷人"。周子云上小学的时候，有一次清明节祭扫烈士墓，回来后照例要写作文，周子云的作文只有一句话："先烈们，老师们，同学们，安息吧！"轮到我教周子云的时候，周子云已经是高一的学生了。有一次他在作文里写道："为了达到我们伟大的目标，我们将要流下成摊成摊的鲜血和汗水。"我批曰"要不要叫救护车来"；周子云描写"升旗"："少先队员向国旗行啄木礼。"我批曰"你是抱着旗杆啃吗？"

　　周子云成绩不好，但有两个优点，一是尊敬老师；二是力气大。办公室里的桶装水没有了，我们想到周子云；打羽毛球把球打到了屋顶上，需要从总务处扛一架梯子过来，我们想到周子云；农忙时节，对于家里还有地的老师来说，周子云更是能派上大用场！周子云的勤快常常招来同学的讥嘲。周子云哼哧哼哧、满头是汗地回到教室，便会有人说："周子云你他妈又去给老师当孝子去了吧！"周

197

子云也不生气，坐那儿傻笑，憨态可掬。周子云永远那么憨态可掬。

周子云成绩那叫一个差。每每考完试，他就会说："试卷上的题目我都认识，可那些题目都不认识我。"周子云经常是胡乱地做几个选择题，然后在试卷上写下"老师，您辛苦了"几个大字，交卷。周子云上课听不懂，可从不在课上捣蛋，影响别人。一堂课四十五分钟，周子云就在那儿枯坐，发呆，也真难为他能坐得住。以刻薄和严厉著称的女英语老师经常对周子云说："周子云，老师不辛苦，您辛苦!!"

还没挨到毕业，周子云就退学跟他姐夫到南京打工去了。高考前举行毕业聚餐，师生欢聚一堂，推杯换盏的时候，没人想起周子云。我常常觉得周子云就像鲁迅笔下的孔乙己，"有他可以笑几声，没他也就那么过"。只是到最后，席终人散，杯盘狼藉，急需一个人来打扫收拾的时候，一个老师说了句"要是周子云在就好了"，说时已是醉意陶然，表情暧昧，让人分不清是揶揄还是怀念。

周子云那一届毕业那年的暑假，我路过南京。不知怎的，我突然十分想见见周子云，哪怕一句话也不说，只是摸摸他的头或拍拍他的肩膀。当我乘坐的公交车经过热火朝天的建筑工地的时候，那些在毒日头下挥汗如雨的稚气未脱的民工的脸庞都似乎让我看到周子云的面影。怜惜？怀念？愧疚？内心五味杂陈，我也说不清。

又过了两年，我通过了一次于我的人生有转折意义的考试，离开了那所我最初任教的农村中学。以后，我的人生又几经辗转，终于把自己"混"成了人模狗样的城里人。每次回乡总能零星地听到关于周子云的消息。周子云后来结婚，媳妇是个残疾，周子云不嫌弃，夫妻还算和睦；只是周子云只会出死力气，日子过得紧巴。周子云也试着做过小生意，可总是赔钱的时候多，我想，大抵是因为他的"憨"吧！

今年春节，我携妻女回乡过年。走在乡间刚修的水泥路上，忽听得后面有人喊"丁老师"，就见一辆黑色的雪佛兰开了过来，开车的人从车窗里探出头，不住地朝我招手。这不是周子云吗？周子云下了车便握着我的手说："丁老师，在你的教导下，我终于成才了。"接着又是向我的妻子鞠躬，恭恭敬敬地叫"师母"，又是要给小女压岁钱，我坚决制止才作罢。

晚上听母亲讲，周子云发财了，我刚走着回家的水泥路就是他出钱修的。但乡人似乎并不领情，老有人传讲他的钱来路不正，最极端的一种说法竟然是：前两年，周子云一直在南方为一家赌场看场子。我未知究竟，只是在想象中实在不敢、不能或不愿把憨态可掬的周子云和电影里的那些黑社会打手联系起来。

第 五 辑

文事随想五则

1

作家残雪如此解释自己的笔名：山顶上最后那片不愿意融化的雪，那就是我。

硬气有骨常被误为某类文章才须具备之品格，其实，所有的文字皆须有骨头，有硬气，不因文体异而有殊也。婉约的文字也须有硬气有骨做底子。在我看来，周邦彦不及柳耆卿，柳耆卿又不及李清照，或以此。即便有陈丹青先生的推扬，我还是无法喜欢上胡兰成，亦以此。

2

据我观察，有两个文类被糟蹋得最厉害。

一是诗。诗本是天才的事业。但现在的事实却是，写不出一篇像样的散文随笔的人便会说自己是写诗的。于是遂导致两种"所谓诗"的泛滥：一种是动辄扯上泰山、黄河、天空、大地，表面上看起来上天入地，牵山带水，心事浩茫，实则是以所谓激昂掩诗思诗情之不足；一种是作小儿女状，以望五或过五之年，咏黄昏、细雨、站台、月光，发纯情少年的娇嗲与天真。"诗人"自己不知老丑，则自难禁他人鸡皮疙瘩丢了一地也。

二是小小说。一小县竟能数出数十以写小小说自鸣得意者。小小说也本是叙事天才的专属领域。小小说的门槛极高，贵能由博返约，举重若轻，是一种汪曾祺、林斤澜们才可偶尔为之的文类。套用一句周泽雄先生称许鲁迅杂文的话，汪、林诸贤的小小说貌似简单的故事下方，都有一座海底冰山支撑着。现在操小小说这种原本风险极大文体的末流甚至不入流的作者竟如过江之鲫，遂导致劣质通讯报道水平的所谓"小小说"大行其道矣。

S

今天已经很难想象了，二十世纪八十年代的征婚启示"金句"竟然有"家境贫寒，爱好文学"。什么东西只要和"文学"沾上边，立马便熠熠生辉，连"家境贫寒"也可因"爱好文学"而成为"卖点"。但文学被提高价码却是和文学承负过重相连。那个年代的文学除审美功能外，尚需承负情感的宣泄功能、历史的反思功能、真相的揭示功能，乃至思想解放运动的助推功能。这正不正常呢？文学究竟是应该"轻车简从"，还是负重前行？我想是值得研究的。

1

现在称一个人为"文人"，基本上就是一句骂人话，因为"文人无行"啊。殊不知，文人之要害，不在"无行"；文人而"有行"，还如何衬托出"正人君子"相呢？文人之要害，在"无文"。我对跟文学有关的这个"协会"、那个"学会""研究会"之类不感冒，即因里面率多"无文"的文人。鲁迅说：在中国，不近人情的不是"文人无行"，而是"文人无文"。又说："点上一支烟，继续写些为正人君子之流所深恶痛绝的文字。"可见，鲁迅也不是什么"正人君子"，所以，我也不做了吧。

5

关于文学的分类多矣，今天我也凑个热闹，提供一种分法。我以为文学不妨粗分为两类：一类是欲告诉我们人生有多么残酷，一类则是欲告诉我们人生有多么美好。我的亲近前者，或是天性使然，但对后者也不一味排斥。要之，生活的美好也须以生活的残酷做底子。用罗曼·罗兰的话说，就是"认清生活的真相之后依然热爱生活"。

文言之美

五四时期，反对文言，力主白话，无如鲁迅坚定者。其散文名篇《二十四孝图》的开篇即言：

> 我总要上下四方寻求，得到一种最黑、最黑、最黑的咒文，先来诅咒一切反对白话，妨害白话者。即使人死了真有灵魂，因这最恶的心，应该堕入地狱，也将决不改悔。

一贯主张"辱骂和恐吓绝不是战斗"的鲁迅这回竟出以恶语，对反对白话者咒天诅地，其决绝态度可见。

然与胡适对白话身体力行不同，鲁迅自己写文章，每逢要表达比较深刻的思想和比较深沉的感情的时候，必借助文言的语汇和句法，这恐怕不是"积习"二字可以解释得了的。1927 年 9 月，鲁迅为自己校订的《唐宋传奇集》写《序例》，文末照例交代写作的时间与地点：

> 中华民国十有六年九月十日，鲁迅校毕题记。时大夜

弥天，璧月澄照，饕蚊遥叹，余在广州。

"大夜弥天，璧月澄照，饕蚊遥叹，余在广州"曾被解释成"国民党发动四一二事变，使中国陷入更深的黑暗，而鲁迅面对黑暗显示了大无畏的革命气概"云云；哈哈，其实，"璧月"者，许广平也；"饕蚊"者，"情敌"高长虹也。十六字文言把"抱得美人归"的志得意满，表达得含蓄蕴藉，不露痕迹，可谓尽得风流！若出以白话，则恐难免浮薄轻佻，既授人以柄，复伤己尊严，素爱惜羽毛的鲁迅当然不可能做此"折本"的买卖。更典型的例子也许是三十年代京、海派之争中，以"栾廷石"的笔名发表在《申报·自由谈》上的《"京派"与"海派"》：

> 北京是明清的帝都，上海乃各国之租界，帝都多官，租界多商，所以文人之在京者近官，没海者近商，近官者在使官得名，近商者在使商获利，而自己也赖以糊口。要而言之，不过"京派"是官的帮闲，"海派"则是商的帮忙而已。但从官得食者其情状隐，对外尚能傲然，从商得食者其情状显，到处难于掩饰，于是忘其所以者，遂据以有清浊之分。而官之鄙商，固亦中国旧习，就更使"海派"在"京派"的眼中跌落了。

这段文字要言不烦，于京、海派各加针砭，有理、有力、有度；然又能如老吏断狱，着着掐肤见血，几深刻到让人难以腾挪，显示了鲁迅非凡的思想洞见；然若非借助文言的语汇和句法，还会有如此一语解纷、一言息讼的表达效果吗？

我意，五四先贤掊击文言不遗余力，或并非因为文言不好，而只是因为文言太难，有碍教育的普及，且难以之进行社会的动员故。同为五四白话文运动先驱的刘半农晚年的一段话或可为证：

> 十年前，我们对于文言文也曾用全力攻击过，现在白话文已经成功了气候，我们现在非但不攻击文言文，而且有时候自己也要做一两篇玩玩。

文白之争中林纾（琴南）"非读破万卷（古书），不能为古文，亦并不能为白话"一言我看是包含了合理的成分的，可惜他说得过于笼统，宜乎被鲁迅等人揪住辫子；若是改为"非读破万卷，不能为古文，亦并不能为周树人君那样的白话"，我看就是的论。鲁迅对林纾的驳论做得诚然漂亮，但他自己的文章白纸黑字俱在，是抵赖不去的。白话文主张者的一大误区是把白话与文言对立起来，新旧之分遂尔有死与活、进步与落后竟至革命与反动之别，台湾学者汪荣祖的批评我看是击中了百年来白话文的要害的：

> 雅言（文言）为白话的根底与资源。……百年来写白话文的能力，无不从古文泉水中获得滋养。……白话文能否精致与能否取法古文大有关系。

我是固执地主张若专就表现力而言，文言非但不输白话，反有白话所不逮处；弃绝了文言的白话必显枯竭之象。我课上常举的一个例子是，拜伦致情人某情书中有一段：

208

Everything is the same, but you are not here, and I still am. In separation, the one who goes away suffers less than the one who stays behind.

钱钟书先生以浅近的文言译为：

此间百凡如故，我仍留而君已去耳。行行生别离，去者不如留者神伤之甚也。

若纯以白话，复能有此蕴藉风流，沁人心脾的表达力否？不知鲁翁若在，将何以回应我这后生小子的固执？我想他的驳论还是可以做得"诚然漂亮"，但恐怕却无法说服我，因为如前所言，老人家自己的文章俱在，白纸黑字，如何抵赖！

我的祈愿很卑微

　　小的时候看电影，最怕看的是反动派严刑拷打我地下党，十个手指都被用竹签扎透，我地下工作者依然英勇不屈："我不知道！"我自小是个胆小的人，看了这样的场景，我恐怖之余，更多的是伤心与难过。我觉得像我这么胆小的人，要是遇上战争，没准就是个叛徒，那该有多丢人啊！所以，很久以来，我内心就有一个祈愿，祈愿这个世界上永远不要有战争，从而让我可以在这个世界上"蒙混"过去。好在我的这个祈愿虽是出自私心，却也对整个人类有利，否则我真的无法原谅自己。

　　因为要写一篇影视方面的论文，我最近在重看电视剧《我的团长我的团》。刚才看到了第十二集。被同伴们称为"烦啦"的连副孟烦了历经艰苦卓绝的战斗，九死一生，回来后却遭遇"准军事法庭"的审判。他在"法庭"上供述：我们总让那些新兵冲在最前面，新兵总是第一轮就玩完。老兵冲在后面，因为老兵的命金贵，而且那些老兵我们都熟悉；新兵的命贱，而且我们也不认识他们，你就不要试图去认识他们，这样，他们死了，你心里会好受些。《我的团长我的团》好就好在它如实地向我们呈现了战争的残酷。战争

210

中，并不全是可歌可泣、豪气干云的冲锋和献身，也有软弱、算计、惜命甚至逃跑。我觉得我们这些没有经历过战争的人，根本没有资格对这样的"污行"进行政治审查和道德审查。如果不是因为战争，他们完全可以是一个好儿子、好丈夫、好父亲，或者好学生、好老师、好公民，在社会上贡献自己那一份微薄的力量，享受自己那一份卑微的幸福。是战争把他们的这点卑微的希望断送了。英勇和牺牲当然是应该歌颂的，但对于另一类人群来说，他们所遭遇的恐惧、辛酸、屈辱、挣扎与无奈是战争造成的苦难的一部分，同样需要关注与抚慰，尊严与爱敬。好在那种视艺术为单纯的政治表态与道德表态的时代也已经过去，作家和艺术家开始意识到，文学艺术作为对人的苦难的悲悯、抱慰、关怀与救护，作为对人的命运的承载，应该永远与人的苦难同在，与人在动荡年代（包括战争）的沉沦、辛酸、屈辱、挣扎与无奈同在，于是我们才会有《我的团长我的团》这样的好片子！

傅雷在《贝多芬传》的《译者序》中说：

　　　　唯有真实的苦难才能驱除浪漫蒂克的幻想的苦难。

我们经常在影视作品中看到英雄的母亲这样说："我不悲伤，我的儿子是为革命死的，死得值"或者"他是为打鬼子死的，死得光荣"之类，这当然也是苦难，只是这样的经过意识形态涂饰的苦难包含了太多幻想的成分。对于一个母亲来说，儿子死了，那就是天塌了，还"值"个啥？二十世纪三十年代的女作家萧红的小说《生死场》中写到一个寡妇，吕青山组织人去打日本佬，这位寡妇的儿子被日本人打死。这个老妈子揪住吕青山不放，说我十九岁守寡守大一个

211

儿子你把他带去死掉了，你这个坏蛋你还我儿子。她哭着说我现在也不能活我也死吧，又对小孙女说你也死吧，在日本佬的眼前你还想长大吗。第二天人们到她家，发现那个老妈子真的与孙女一起吊死在屋梁上。萧红用了一个惨烈的比喻："那梁上挂着像两块干鱼。"就把战争作为人的苦难的极端形态来表现而言，《生死场》与《我的团长我的团》虽异曲而同工。

我们曾经遭遇和当前面临的很多问题，其实只是我们越来越远离常识的问题。很多问题的解决其实只需我们回到常识，从而直面常识。莫言的小说喜欢通过小孩子的眼光来打量战争，无非是因为小孩子反而能够看到关于战争的常识：人杀人。而这样的常识我们成人却未必看得见，我们成人反而容易为历史尘埃与意识形态的涂饰所蒙蔽。陀思妥耶夫斯基说：

> 有时我们形容人的残忍，会说人像动物一样的残忍，其实这对动物很不公平，因为动物从来不会像人一样有计划地、艺术化地残忍。

我想陀思妥耶夫斯基所指的就是人类的战争。考虑到文学艺术作品事实上存在的价值导向功能，尤不应该通过对英雄业绩的歌颂，有意无意地鼓涌人对战争的向往。这应该成为战争题材文学艺术作品的道德底线。

我至今还怀有着那个对这个世界的祈愿，祈愿世界上再也不要有战争。我的祈愿很卑微，无非是希望有那么一天，一个人不必去做战士，而只凭基本的理性、良知、责任与平凡的努力，便可在这个世界上幸福而平静地生活。

"对不起"

台湾作家柏杨当年有个发现，那就是不拘海内海外，只要是中国人聚居的地方，"对不起"这句话的使用频率便非常低。柏杨先生所举都是大街上或是公共汽车上这些公共场所，原本一件屁大点事，由于吝惜一句"对不起"，而终至酿成事端的例子。

我的观察却和柏杨先生颇有不同。也许是中国社会确在进步吧，我发现，现在大街上，或其他公共场所，"对不起"的使用频率还是非常高的。这意味着，在大街上，面对陌生人，我们中国人并不吝于释放自己的善意。

但到了单位里、家里，情况就不同了，"对不起"的使用频率可说依然走低。熟人之间，同事之间，夫妻之间，说声"对不起"怎么就这么难？

我觉得我可以就这个现象给出一个解释，但要套用刘震云《一句顶一万句》中的一段话：在大街上，一件事就是一件事；在单位里，一件事却是三件事；到了家里，尤其是夫妻之间，一件事就是八件事了！

钱钟书《围城》中最具现实感、现场感的描写，在我看来，当数方鸿渐和孙柔嘉之间的夫妻吵架。方鸿渐与孙柔嘉在赵辛楣家偶遇方昔日情人苏文纨后，回到旅馆：

　　方："回来了，唉！"

　　孙："身体是回来了，灵魂早给情人带走了。"

　　方："你这人真蛮不讲理。不是你自己要进去么？事后倒推在我身上？并且……人家临走还跟你拉手——"

　　孙："我太荣幸了！承贵夫人的玉手碰了我一碰，我这只贱手就一辈子的香，从此不敢洗了！"

　　方："何必跟她计较？我只觉得她可笑。"

　　孙："好宽宏大量！你的好脾气、大度量，为什么不留点在家里，给我享受享受？……"

一件事就这样被说成三件事，乃至八件事！别人我不知，反正我每每读到这里都只好掩卷苦笑。中国社会当然在进步，但那进步往往只是在大街上；一旦到了单位里、家里、夫妻的卧室里，各种牵缠，各种虚耗，各种"举一隅而三隅反"，就让人觉得我们的进步实在是有限的。

　　一直喜欢上海作家周宛润的《五妹妹的女儿房》。就居住题材而言，好过后来的六六的《蜗居》不知多少！里面有个细节我一直难忘。在上海的弄堂里长大的罗五妹和王革生结婚后不久，就有了第一个女儿安妮。在有了孩子之后，两个人的内心都开始有了他们自己都未必察觉的变化。他们不再一味任性使气，他们努力去学会理性和克制。他们第一次说对不起，是在一场争吵之后：

他们对看了一会儿，忽然异口同声地向对方道歉："对
不起！"

这声对不起把两人都弄得有点不好意思，因为在这对弄堂男女的语言世界里，原是没有给文绉绉的"对不起"三字留一席之地的。这以后，当然还会有争吵，吵完再互相说"对不起"。对这对没什么文化的弄堂男女，"对不起"就是他们理性的象征了，"事态千钧一发之际，就靠它来挽回"。

　　《五妹妹的女儿房》当然不及《围城》写得"聪明"，却比《围城》多了些温暖和明亮，这是我喜欢它的一个理由。

鲁迅的识力

因为要给学生讲鲁迅的文学史研究，最近我又把鲁迅的《魏晋风度及文章与药及酒之关系》看了一遍，再次叹服于鲁迅作为文学史家的识力。

因为是老中文出身，目下又在中文系混饭的缘故，接触到各种"来头"的文学史"著作"可谓多矣，"名头"都大得吓人，然大抵是四平八稳、新见全无的官样文章。像鲁迅先生《魏晋风度及文章与药及酒之关系》这样生气勃勃的文学史，足可作为时下已泛滥成灾的各种"来头"与"名头"的"文学史"的一面镜子。

鲁迅先生有几宗没有完成的写作计划，《中国文学史》即其一。《汉文学史纲要》是鲁迅 1926 年在厦门大学讲授文学史课程的讲义，只能算是他计划中的《中国文学史》的雏形。由于鲁迅在厦大时间过短，这部讲义只从先秦讲到汉武帝时的"二司马"（司马相如与司马迁），便戛然而止，并未来得及涉及魏晋文学。如果考虑到鲁迅于历代文学中"独尊魏晋"，他自己也会引为憾事的吧。好在鲁迅离开厦门来到广州，1927 年就受邀"广州夏期学术演讲会"，他所讲的正是这一篇《魏晋风度及文章与药及酒之关系》。所以这一篇演讲

216

可说是对《汉文学史纲要》的重要补充，一般的《汉文学史纲要》单行本也就把这篇演讲以"附录"的形式缀于书后。

鲁迅首先提到的魏晋文学的大家是曹操。鲁迅认为，要认识曹操这个人，不仅《三国演义》这样的通俗小说不可信，严肃的历史记载也未可全信，"因为通常我们晓得，某朝的年代长一点，其中必定好人多；某朝的年代短一点，其中差不多没有好人。为什么呢？因为年代长了，做史的是本朝人，当然恭维本朝的人物，年代短了，做史的是别朝人，便很自由地贬斥其异朝的人物，所以在秦朝，差不多在史的记载上半个好人也没有。曹操在史上年代也是颇短的，自然也逃不了被后一朝人说坏话的公例"。周氏兄弟都是宁可相信野史杂闻，也不愿意相信所谓"正史"——官修的"正史"中，涂饰的成分太多，柏杨说是"鬼话连篇"，倒也说得痛快的。鲁迅对曹操在文学上的贡献给予了客观公允的评价，称曹操为"改造文章的祖师"，甚至他统治时期的"尚刑名"和"尚通脱"的统治特色也影响了那个时候的文学风格，"尚刑名"影响到文学创作，成就了简约严明的风格；"尚通脱"为各种异端思想和外来思想的传入提供了便利条件，成就了文学上的通脱随便的特色。

谈到魏晋文学的另外两位重要人物曹丕与曹植的时候，鲁迅注意到曹氏兄弟对待"文章"（文学）的态度迥异。曹丕谓"文章，经国之大业，不朽之盛事"，把文学抬得很高；曹植却说"文章小道，不足论"的。鲁迅分析所以会有如此不同的原因，可谓发前人未发之覆：

> 据我的意见，子建大概是违心之论。这里有两个原因，第一，子建的文章做得好，一个人大概总是不满意自己所

217

做而羡慕他人所为的，他的文章已经做得好，于是他便敢说文章是小道；第二，子建活动的目标在于政治方面，政治方面不甚得志，遂说文章是无用了。

可以作为鲁迅"第二"点反证的正是曹丕对文学的极力称扬，因为作为成功的帝王不仅要有赫赫"武功"，还要有"文治"做点缀升平之用，今天更冠冕的说法叫"文化软实力"。老实说我读到鲁迅"第一"点即"他的文章已经做得好，于是他便敢说文章是小道"云云，在服膺于先生的敏锐的识见的同时，也不禁暗乐，而且我想鲁迅自己写下或讲出这几句的时候，内心也是不无得意的吧，因为曹植那样的"文章小道，不足论"的话，鲁迅自己也讲过多次，什么"青年人要紧的是行，不是言，不会作文算什么大不了的事"，又什么"一首诗吓不跑孙传芳，一炮就把孙传芳轰跑了"等等。

鲁迅此篇演讲最精彩的部分该是他对司马氏杀嵇康的分析。魏晋是"以孝治天下"的，而不提"忠"，鲁迅对此也有精当阐释：

因为天位从禅让，即巧取豪夺而来，若主张以忠治天下，他们的立脚点便不稳，办事便棘手，立论也难了。

司马氏之杀嵇康，用的也大抵是"不孝"的罪名，然这只是皮相，真正的原因还是在于嵇康的言论于司马氏有了妨碍，即《与山巨源绝交书》里所说的"非汤武而薄周孔"，鲁迅说：

非薄了汤武周孔，在现时代是不要紧的，但在当时却关系非小。汤武是以武定天下的；周公是辅成王的；孔子

218

是祖述尧舜，而尧舜是禅让天下的。嵇康都说不好，那么，教司马懿篡位的时候，怎么办才是好呢？没有办法。在这一点上，嵇康于司马氏的办事上有了直接的影响，因此就非死不可了。

鲁迅的本领在于往往能三言两语"褫其华衮，示其本相"，打穿历史的后壁，让人直面历史的惨淡。

到此鲁迅意犹未尽，又就此生发，致慨于中国人的"明于礼义而陋于知人心"，"陋于知人心"往往就会上"瞒与骗"的当，因为"瞒与骗"绝不会自己承认是"瞒与骗"，而是往往披上"礼义"、"使命"甚至"信仰"的堂皇的外衣。即如曹操杀孔融，司马氏杀嵇康用的都是"毁坏礼教""不孝"的罪名，然而，实在地，曹操、司马氏又算得什么"忠臣孝子"！口中所言与心中所想何尝一致？不过是将这样的罪名加诸反对自己的人罢了。

鲁迅接下来的发现可谓独具只眼：

> 于是老实人以为如此利用，亵渎了礼教，不平之极，无计可施，激而变成不谈礼教，不信礼教，甚至于反对礼教。——但其实不过是态度，至于他们的本心，恐怕倒是相信礼教，当作宝贝，比曹操司马懿们要迂执得多。

有鲁迅这段话垫底，问题就很清楚了，嵇康的对抗礼教根本上源于他对司马氏政权的态度。他是曹魏的皇亲，又在曹魏朝廷官至中散大夫，因此对司马氏取代曹魏极为不满；司马氏声称以孝治天下，于是他偏来反礼教，以此来泄心中之愤懑。正是因为"越礼法"非出本心，嵇康、阮籍方皆不欲自己的儿子效法自己，嵇康更是在《家诫》中谆谆告诫其子嵇绍：

> 所居长吏，但宜敬之而已矣，不当极亲密，不宜数往，往当有时。其有众人，又不当独在后，又不当宿留。所以然者，长吏喜问外事，或时发举，则怨或者谓人所说，无以自免也……

鲁迅解释这段话的意思是："长官处不可常去，亦不可住宿；官长送人们出来时，你不要在后面，因为恐怕将来官长惩办坏人时，你有暗中密告的嫌疑。"鲁迅至爱嵇康，曾校点《嵇康集》，但鲁迅并没有随意拔高嵇康，鲁迅笔下的嵇康不仅仅是"越名教而任自然"的名士、文士，而是同时有着曹魏的忠臣、司马氏的叛逆、慈父兼严父的庸碌等多重面相，嵇康的面目至此方血肉丰满且充满人间的烟火气。

时下的各种"来头"和"名头"的所谓文学史，讲鲁迅必曰"战士"；述周作人则曰"隐士"；冰心则"爱的哲学"，沈从文则"人性美人情美"，数十年来竟雷同一响。作家皆被"扁平化"，被纳入某种诸如"思想内容—艺术特色"的"知识系统"来处理，艺术创作的复杂性、作家人生面目的多重性均少有顾及。

《魏晋风度及文章与药及酒之关系》给我的直接启示是，我也可以在我的课堂上像鲁迅当年呈现嵇康那样，呈现一个不同面相的鲁迅：除作为文学家的鲁迅，启蒙者的鲁迅之外，尚有作为长房长孙的鲁迅，作为儿子的鲁迅，作为兄长的鲁迅，作为丈夫的鲁迅，作为父亲的鲁迅，作为老师的鲁迅，作为朋友的鲁迅……这样的鲁迅也许不那么"伟大",但却血肉丰满且充满人间烟火气息。可惜的是《鲁迅研究》这门课排在"要命"的大四,学生多已无心听课,遑论参与讨论;且课时被压缩在前九周之内,每周要上两次,我也越来越像"赶场",很多"宏伟"的计划只能屈服于无奈的现实,这也是没有办法的事情吧。

文学的"牛皮"

　　近日诸多让人只有摇头叹息的新闻之一是江苏兴化获颁"小说之乡"称号。文学与文化的"牛皮"又在吹响，且震天动地。所谓"文化搭台，经济唱戏"，此种现象本跟文学已经没什么关系，可这"台"也搭得太脆弱了些。"有一个'茅奖'获得者和多个'茅奖'提名者是兴化籍人"可以作为授予"小说之乡"的理由吗？文学作为精神产品，最终价值尤赖于历史与时间的检验；即使"茅奖"可以奉为"圭臬"，轻率地给一个蕞尔小县挂"小说之乡"的"招牌"，还是让人顿生吃了一只"死苍蝇"的感觉。文学不是农副产品，不是特产小吃，不去凑那些俗世的"热闹"从而与世俗利益和流行风尚保持距离，本该是文学看重自己的一种方式。

　　还是让我们来回顾一下文学史吧。

　　汉语写作的精华在古代，这大概不会有什么疑问。直到今天，每需拿得出手、足可傲人的文化产品，我们还是得到故纸堆中去寻。以如今的世风度之，为中国文学、中国文化做出过巨大贡献的历代文豪该是要多"牛皮哄哄"就有多"牛皮哄哄"了！可事实上，历代文人罕有如此自恋，反多对自己所操之"诗文末技"颇有不屑者。

222

汉赋大家扬雄说写文章是"雕虫篆刻，壮夫不为"，这是成语"雕虫小技"的最初出处；"初唐四杰"之一的杨炯说"宁为百夫长，胜作一书生"，宁愿到部队里做个小排长，也不愿意当"作家"；"一为文人，便无足观"可不是别人嘲笑文人的，说这话的人本身就是明清之际数得着的大文人顾炎武；到得现代，有出息的文学大家尚能秉持古人的这份清醒与智慧，鲁迅当年就说"一首诗吓不跑孙传芳，一炮就把孙传芳轰跑了"。鲁迅甚至并不认为青年人不会作文算什么大不了的事，因为在他看来，青年最要紧的是"行"，而不是"言"。

中学生写作文总喜把李白、杜甫作为"成功"的典范，其实，李白、杜甫都是人生的失败者，而非成功者。他们后来成为中国诗歌史上并峙的双峰，并不能抵消他们本身是"失败者"这个人生事实，甚或可视为命运与他们开的不大不小的玩笑——他们其实是并不把能写几句诗文当回事的。李白、杜甫年轻时都是抱有"为王者师"的政治抱负的。为了实现"使寰区大定，海县清一"的政治理想，李白不惜"遍干诸侯，历抵卿相"，走高层路线；杜甫则"朝叩富儿门，暮逐肥马尘"，受尽屈辱与苦辛。"文学创作"不是他们的"志业"，他们也从未想过靠这些"诗文末技"去赚得富贵荣华与后世声名。

一个基本的事实是，中国古代文人重事功，而轻虚义。他们的从事文学艺术创作并非怀有什么文学和文化上的抱负，他们的写作多数时候只是失意人生的映照，而不是要去冲击什么"诺贝尔奖"，或为国家的文化"软实力"做贡献。

说数千年灿烂的文学与文化竟是历代文人的"无意插柳"，或嫌夸张，却最起码也是一定程度上的真实。如今真的不同了。文学、文化有了"独立自足"的地位；靠文学、文化不仅可以"混饭"，甚至可以"邀名""固宠""居官""致富"；曹丕当年说"盖文章，经国之大业，不朽之盛事"，只是说说而已，不意在二十一世纪的中国竟成"现实"。然而其实可怜得很。我们并拿不出足可和古人抗衡的文学、文化产品。文学、文化上的"有心栽花"催生的并不是文学和文化的杰作，而只是文人的自恋和文学与文化的"牛皮"！

其实，兴化的"小说之乡"既不空前，也不会绝后。苏北阜宁这个以出产麻油大糕知名的小县不叫"麻油大糕之乡"，而是2007年由中国散文学会授予"中国散文之乡"！查网络得知，早在2002年，贵州开阳由中国散文诗学会授予"中国散文诗之乡"称号；2010年，中国散文学会再度授予安徽省肥东县"中国散文之乡"称号；同年，河北行唐又被授予"中国纪实散文之乡"。

此番到兴化"捧场"的自然少不了文学批评家，其中竟不乏我素所尊敬者。文学批评家的身份也可以拿来"变现"，不知是文学的"福音"，还是文学的悲哀！出卖职业操守如今已毫不奇怪，只是文学批评家的职业操守出卖得也忒廉价了些，因为据我了解，此类活动的"出场费"至多也不会超过五千元！

原来只知道有"泡沫经济"一说，现在知道了：文学也是可以制造泡沫的。既然已经有了"散文诗之乡""散文之乡""小说之乡"，所谓"前例既开，欲罢不能"，可以想见，在不久的将来，"戏剧之乡""诗歌之乡"等等必会应运而生，只是当这些"之乡"还没有最后拍板"花落谁家"之前，又会有多少金钱和权力的角逐在暗中进行，又会有多少文学之外的关系在暗中运作，就只有鬼才会知道了！

鲁迅先生当年针对文学上的"牛皮",写过《文学上的"折扣"》一文。对于"什么什么之乡"此类的文学"牛皮",公众必须擦亮双眼,用鲁迅的话说,"恰如钱店伙计的看见钞票一般,知道什么是通行的,什么是该打折扣的,什么是废票,简直要不得"。

"习惯"的故事

恢复高考四十年了，高考作文命题也越来越习惯于玩"花活"。给材料作文，看图作文，话题作文……花样繁多，不一而足。然在我看来，还是看起来最简单的命题作文，最得考场作文之要义。命题作文，似乎容易贻人以"无技术含量"之讥，然而，出题人若是深恐被人指为"没水平"，从而在命题上玩起了"水平"，可供考生笔墨驰骋的天地就要小了；出题人每动一个心眼，不知就会有多少考生的思路受到本不该有的限定。从这个意义上讲，高考作文命题似乎也该返璞归真才是。

表面上看，命题作文，光秃秃的，没有附带任何所谓"材料"。要之，材料作文在给定材料的同时，也有意无意地给定了思路与框架；而命题作文，只要所"命"之"题"恰当，却有利于考生激活、调动、组织头脑中积存的材料。由此，命题作文，不仅是对考生文字水平的考查，也事实上成为对考生知识储备及关怀视野的有效衡量。

基于以上理由，我最欣赏的作文命题是 1988 年高考语文全国卷的作文命题，这一年正是简单得不能再简单的"命题作文"：以

《习惯》为题，写篇文章，除诗歌外，文体不限。若是放在今天的网络时代，这样的简单到只有不足一行字的命题作文，该遭网友吐槽为"偷懒"也说不定。事实情况却是，这样的命题，给了考生足够广阔的自由发挥的空间，各个层级的考生都有话说，且几乎不存在所谓"走题"的可能。写作上再是平庸的学生起码可以"好习惯、坏习惯，摒弃坏习惯，发扬好习惯"来立论；思想比较敏感的考生则可以联系改革时代的时代精神，视习惯为惰性，为改革的阻力。比如，有的考生以新鞋子与旧鞋子作喻，透视改革时代的社会心理，褐橥痼疾，抒写怀抱。1988年的高考作文围绕这一主题佳作迭出。同学少年，指点江山，成为思想风云激荡的八十年代的标志性事件。

尤值得一提的是，这样简单的命题作文亦给八十年代为数不少的文学少年预留了或者说敞开了无穷的艺术创造的可能性。"习惯"，初一看，我相信大多数考生会选择议论性的文体来写，而只有艺术感觉较为敏锐的考生会想到可以写成记叙性的散文或短小说——写一个跟"习惯"有关或者说可以命名成"习惯"的故事不就行了嘛。有一个流传较广的笑话，讲的是有一个人跟人学剃头，他先前一直是在西瓜上学，每次学完，他都把剃刀朝西瓜上一插，久而久之，竟成习惯。后来，他学成了，第一次给人剃头……我相信会有相当多的考生会想到这个笑话，但若是照葫芦画瓢写一个这样的故事，则充其量就是今天"段子"的水平；可贵的是很多考生在诸如此类关于习惯的故事的启发下创作的短小说却能包含更多的人生的、社会的内容。比如有一篇那一年的满分作文，写的是一个老校长退休了。退休的第二天，他还是习惯性地早早起了床，匆匆忙忙吃过早饭，就骑着自行车朝学校赶。到了校门口，他才意识到自己已经退休了，以后再也不必每天到这里来了。这时，他看着校园里熟悉

227

的一草一木，听着教室里传来的琅琅书声，产生了对这座校园、对绵绵的过往岁月无限留恋的感情（限于篇幅，这里只能略述其大意）。

这当然不是我读过的关于习惯的故事里最好的（这篇作文稍嫌矫情，虽是满分，文笔也嫌稚嫩），我读过的最好的关于习惯的故事是著名作家冯骥才的《高女人和她的矮丈夫》，这是一个完全可以以"习惯"名之的故事。有一对夫妇都是高级知识分子，妻子很高，丈夫很矮。在那个有知识就等于有罪的年代里，夫妻俩双双被打成所谓"资产阶级反动学术权威"，备受摧残。夫妻俩在苦寒的岁月里相濡以沫，其中甘苦，可想而知。也许是他们都曾留学西方，感染了英美绅士风度的缘故吧，每逢下雨天，夫妻俩一起出门，都是丈夫打伞，由于妻子很高，丈夫于是必须把伞举得高高的！后来妻子死了——这在那个年代当然是正常不过的事情，丈夫活了下来。然而，人们发现，每逢雨天，丈夫一个人出门，可他还是把伞举得高高的（限于篇幅，这里同样只能略述小说大意）！

一个关于习惯的故事，几乎可以说浓缩了一个时代，我们也可以说它撬动了一段多么沉重的历史！冯骥才的小说当然不是高考作文，我在这里提及这个故事，是想说明，再简单再不起眼的题目，理论上也可以产生杰作。题目只是提供一个基点，谨慎出题是必要的，但实在不必玩太多的花活，要真正予考生以自由——这里就是壮阔的大海，你游泳吧，只要你有矫健的身手；这里就是高远的天空，你飞翔吧，只要你有强劲的羽翮！

"红刀子进去白刀子出来"

  《红楼梦》第七回，喝醉了酒的焦大撒酒疯，贾蓉见他实在不成体统，忍不住呵斥了他两句，焦大便赶着贾蓉叫骂："你爹，你爷爷，也不敢和焦大挺腰子！不是焦大一个人，你们就做官儿享荣华受富贵？你祖宗九死一生挣下这家业，到如今了，不报我的恩，反和我充起主子来了。不和我说别的还可，若再说别的，咱们红刀子进去白刀子出来！"此处"红刀子进去白刀子出来"曾一度被很多人自作聪明地误认为是雪芹笔误，也就是说，曹雪芹一不留神把习语"白刀子进去红刀子出来"误写成"红刀子进去白刀子出来"。在《红楼梦》版本史上素有影响的甲戌本、蒙府本、戚序本、舒序本等诸家抄本皆据此把曹氏底本的"红刀子进去白刀子出来"点改为更为习见的"白刀子进去红刀子出来"。所幸尚有乙卯本和梦稿本同底本原义，合则，讹讹相沿，我们今天读到的就真的只能是"白刀子进去红刀子出来"了。

  这当然只是《红楼梦》中一未必值得细究的地方，没想到这一不起眼的地方在 1949 年后，竟有人以几乎是"逆天"的聪明，从中读出了"微言大义"：所谓"红刀子进去白刀子出来"是暗指旧社会的黑暗势力"杀人不见血"。把"红刀子进去白刀子出来"误会成"白刀子进去红刀子出来",即使有违雪芹原意,我想雪芹先生地下也会睁一眼闭一眼,糊涂过去;至于把"红刀子进去白刀子出来"解读成"旧社会杀人不见血",虽有文学的"人民性"做理论支撑,套用时下一句网络流行语:雪芹的棺材板还压得住否?

老家方言里,谓女人的婚外相好叫"拐男人",相应地,男人的婚外相好自然就是"拐女人"。中学教师老陈每碰到同为中学教师的同事老张必说:"哟!这不是我拐女人男人嘛!"老张则回敬一句"你才是我拐女人男人哩"。但有一天,老陈喝醉了酒,在校门口碰到老张,张嘴就说:"哟,这不是我女人拐男人嘛!"老陈和老张都是我旧日同事。他们之间跟酒有关的糗事,早入了"校史"掌故门,在当前"故事"日少而"事故"日多的校园里,为后进晚生津津乐道,这只是其中之一而已。

如果有人说,这些"低俗"见闻除了满足"或人"的低级趣味,无他用场,我就不能同意。最起码,有了这样的生活经验,我在读到《红楼梦》第七回"红刀子进去白刀子出来"的时候就不会自作聪明,不会认为雪芹粗心,当然,更不会发生"旧社会杀人不见血"这样可怕的联想。"红刀子进去白刀子出来"与老陈的"这不是我女人拐男人嘛"同一醉人颠倒口吻而已,尚有疑乎?雪芹此书曾经"披阅十载,增删五次",哪里还有我们自作聪明的余地呢!

天下事无独而有偶,鲁迅先生《狂人日记》中第十则日记总结历史上的吃人传统,有一段:

易牙蒸了他儿子,给桀纣吃,还是一直从前的事。谁晓得从盘古开辟天地以后,一直吃到易牙的儿子;从易牙

230

的儿子，一直吃到徐锡麟。

天啊，易牙明明是春秋时期人呀。易牙明明是齐桓公的宠臣，他正是把小儿子蒸了给齐桓公吃（因为桓公那几天胃口不好），怎么在鲁迅笔下就成了"易牙蒸了儿子给桀纣吃"了呢？而况桀与纣虽同为古代暴君典型，但实相距少说也有五百多年，易牙又怎么可以蒸了儿子既给桀吃，又给纣吃呢？所以这一段非唯有乖于史实，亦有悖于逻辑。然而，当我们如此自作聪明的时候，大概忘了《狂人日记》通篇是以"狂人"的口吻写的，此处的史实与逻辑错误，正是精神病人记忆混乱、语言错乱的症候。以鲁公之博通，怎么可能在中国历史这点可怜的 ABC 上出错呢！有研究者甚至从这个细节读出"微言大义"，大意是说，鲁迅在这里通过设置这个"错误"，不仅照顾到了精神病人的思维和语言特点，且在象征的层面上，把中国"吃人"的历史又向前推了五百多年，几乎上溯至了中国历史的源头（夏、商）。此解读虽带有悬揣性质，却入情入理，与前文所述"旧社会杀人不见血"不同，即使鲁公落笔时未必有此意，我想他也是非常乐于追认的吧。

天下事无独而有三。《倾城之恋》中，在香港的旅馆里，范柳原半夜三更给白流苏的房间打电话，要给白流苏念诗。范柳原念的是："死生契阔，与子相悦。执子之手，与子偕老。"而《诗经》的原文是："死生契阔，与子成说。执子之手，与子偕老。"这自然只能有两种解释，要么是作者张爱玲把《诗经》里面的这四句记错了；要么是张爱玲利用小说家的权力故意安排范柳原把这四句念错了，也就是说范柳原是故意的。我反正是不相信张爱玲会把"与子成说"误记成"与子相悦"。"与子成说"与"与子相悦"虽只两字之差，意思却大相径庭。如果说，"与子成说"（我们互相之间发过誓，要生生死死在一起）表达的是对待爱情的理想主义的态度的话，"与子相悦"表达的只能是对待爱情的现实主义甚至犬儒主义的态度；如果说"与子成说"承诺的是终身之事，"与子相悦"许诺的只是露水姻缘。范柳原像所有的有钱人一样，对待婚姻是谨慎的。因为婚姻不仅须上闻于家族，更意味着财产的分割。这自然不是说他对白流苏就是虚情假意，只能说明理性的他起初是无意以传统的婚姻的方式处理他们之间的关系的，所以他能给白流苏的顶多就是一个情人的名分。由此，范柳原"念错"诗的用意昭然若揭：他无非是要以隐晦然而体面的方式提醒白流苏接受做他情人的名分。只是这番良苦用心自非不识多字的白流苏所可意会，活该这场恋爱谈成恋爱马拉松了。

读聪明人写的小说没点聪明怎么成！只是这聪明不可"自作"罢了。

张爱玲的比喻

　　现代中国文学有两位比喻大师，一是钱钟书，还有一位就是张爱玲。论学问，张爱玲当然不敌钱钟书看书多；但若论作品中的比喻，张爱玲却要胜钱钟书一筹：钱钟书的比喻看起来多是动了心思想出来的，而张爱玲的很多妙喻却显得漫不经心、脱口而出。

　　当年，十八岁的张爱玲在《天才梦》的结尾写下"生命是一袭华美的袍，爬满了虱子"这句著名的比喻那一刻，于文学史的意义之一端也许就在于它标志了一代比喻天才横空出世！其实，张爱玲漫不经心、脱口而出的这句妙喻无意之中竟可以看作是她几乎所有作品的"纲"：张爱玲的大多数作品无非就是要把人生这袭华美的袍上的虱子——人生的残缺与伤痛以及人性的亏与欠指点给我们看，就像那个护肤品的电视广告里说的：看这里，看这里，看这里……

　　初读张爱玲，在叹服其绝世才华的同时，也惊讶于刚刚二十出头的她何以能如此洞明世事，何以能对人情物理如此熟稔于心。如果玫瑰象征爱情，那么，红玫瑰则象征热烈的爱情，白玫瑰象征纯洁的爱情，这才符合汉语书写的抒情传统。然而张爱玲却说，红玫瑰的"红"像"墙上的一抹蚊子血"，白玫瑰的"白"则像"衣服上沾的一粒饭粘子"，难怪陈思和先生说这样古怪的比喻里甚至包含了一种洞察世态人情的冷酷。

我们有对于"女人迟暮"之感的非常出色的古典表达，像南唐中主李璟的名句："菡萏香消翠叶残，西风愁起绿波间"；然而却是张爱玲使女人的"迟暮"之感有了同样杰出的现代表达，在《倾城之恋》中，张爱玲这样写白流苏对匆促的流年的忧虑和感伤：

> 你年轻么？不要紧，过两年就老了，这里，青春是不稀罕的。他们有的是青春——孩子一个个地被生出来，新的明亮的眼睛，新的红嫩的嘴，新的智慧。一年又一年地磨下来，眼睛钝了，人钝了，下一代又生出来了。这一代便被吸到朱红洒金的辉煌的背景里去，一点一点的淡金便是从前的人的怯怯的眼睛。

"一点一点的淡金便是从前的人的怯怯的眼睛"，能把现代汉语写出如此意境，也就难怪董桥先生要借张爱玲自己的一个比喻称她为"中国现代文学心口上的一颗朱砂痣"。

我曾跟女学生开玩笑：你们那么喜欢读张爱玲，也许适用中国的一个成语"叶公好龙"，如果张爱玲是你的同学、你的邻居或者干脆就住在你的隔壁，你们会喜欢她吗？是啊，这个奇女子把人生、人性看得太透，她知道人的心思有多少属于阳光，有多少属于黑夜，她看到的更多是黑夜，你的内心的须臾一念也休想逃开她精妙、细腻的比喻的捕捉。《鸿鸾禧》中她这样写玉清出嫁前的心理：

> 玉清非常小心不使她自己露出高兴的神气——为了出

嫁而欢欣鼓舞，仿佛坐实了她是个老处女似的。玉清的脸
光整坦荡，像一张新铺好的床；加上了忧愁的重压，就像
有人一屁股在床上坐下了。

张爱玲对笔下的女性常常这样用语刻薄，不留情面，但给人的感觉
是一点也不张扬，她自己是永远躲在文字背后的——这样的女人也
许只适合远观，太聪明的女人总是有点让人退避三舍的味道吧！

  张爱玲曾长期被看作是畅销书作家，这无疑大大低估了张爱玲，
哪怕是仅凭作品中的比喻对于表现力日渐萎缩的现代汉语的"拯救"
意义，张爱玲在文学史上也是居功至伟。

一只铅笔盒的重量——
重读铁凝《哦，香雪》

　　铁凝的《哦，香雪》发表于三十七年前，那时铁凝二十五岁，正"小荷才露尖尖角"；我初读到《哦，香雪》则是三十年前，还是一个做着"文学梦"的高中生。

　　如今，以及五之年，重读铁凝的这篇"少作"，可谓"别有一番滋味在心头"。姑且写出来，权供我的诸语文同行做备课时的参考。

　　如果给《哦，香雪》这篇小说另起一个名字，那么，叫什么好呢？我看莫如就叫《一只铅笔盒的重量》。可以自动关闭的自动铅笔盒是这篇小说的核心"物象"。在台儿沟一起去看火车的一群乡村少女中，香雪是唯一的在公社中学上学的初中生。当其他女孩子利用那宝贵的停车一分钟，用本地土产跟乘客交换挂面、火柴，有时"还会冒着回家挨骂的风险，换回发卡、香皂以及花色繁多的纱巾和能松能紧的尼龙袜"的时候，初中生香雪却梦寐以求着那种能自动关闭，而且关闭时会发出美妙的"哒哒"声的自动铅笔盒。

　　"台儿沟没有学校，香雪每天上学要到十五公里以外的公社"，相对于台儿沟这么个"一天只吃两顿饭"的小地方、穷地方,"公社"所在地就算是大地方、富地方了。她的那些女同学们故意一遍又一遍地问她:"你们那儿一天吃几顿饭?"还有:"你上学怎么不带铅笔盒呀?"这时香雪就会指指桌角说:"那不是吗。"

确实,香雪不是没有自己的铅笔盒。就放在桌角。那是一个小木盒。是香雪"做木匠的父亲为她考上中学特意制作的,它在台儿沟还是独一无二的呢";但是跟同桌的那只可以自动关闭,而且关闭时会发出好听的"哒哒"声的泡沫塑料铅笔盒相比,自己的小木盒就显出土气和丑陋,笨拙和陈旧,小说写道:"它在一阵哒哒声中有几分羞涩地畏缩在桌角上。"

接下来才有香雪用四十个鸡蛋从火车上的一个女大学生手里换回一个跟同桌一样的,甚至比同桌的更漂亮的自动铅笔盒,从而来不及下车,被火车带往了下一站,自己夜行三十里回家的情节。

一个小说里的"物象"处理得好不好,成不成功,端要看这个"物象"能承载多大重量;或者把"物象"比喻成一根杠杆,看它能撬动多大的重量。铁凝用一只铅笔盒"四两拨千斤"地撬动了如下主题:改革开放的时代之风吹拂下乡村世界的觉醒与躁动;农民尤其是青年农民从封闭的乡村挣扎而出,到广阔的天地中翱翔,从而获得新生的憧憬与梦想,等等。

然而,"铅笔盒"还有没有其他的内涵,甚至为作者本人也未曾觉察,却又不经意流露的其他意味?美丽的、可以自动关闭的"铅笔盒"曾一直被作为"知识"与"文明"的象征,香雪对自动铅笔盒的向往也就顺理成章地成为对知识与文明的向往与追求,从而与只知道追求红纱巾与尼龙袜的凤娇们拉开了精神上的档次。其实,这种"方便"的解读是说不过去的。从纯技术这个角度讲,漂亮的、可以自动关闭且可以发出美妙的哒哒声的铅笔盒并不比粗笨、陈旧的木盒子更能增进知识的习得；从人伦亲情的角度讲，"当木匠的父亲专为她考上中学特意制作的"小木盒，固然粗笨，但因为凝结了父辈的爱与期盼，岂不更有理由成为香雪学习知识的动力？！

其实，对美丽的铅笔盒的追求里有香雪对美好生活的向往，也有，甚至更主要的是香雪作为一个乡村少女的自卑与虚荣。不管作家出于"诗化"的需要，对自卑与虚荣这些负性情绪做了多少"化去无痕"的努力，然而，它毕竟还在那里，牵惹着那些敏感的读者的思绪。进一步，一只自动铅笔盒能疗愈"自卑"的心灵创伤吗？如果同学们得知这只铅笔盒是"用四十个鸡蛋换来的"，且香雪为此付出了"走三十里夜路"的"可笑"代价，她岂不更会成为同学讥嘲的对象？香雪由于自卑而躁动的内心还能重归宁静吗？

铁凝本人在关于《哦，香雪》的"创作谈"里有这样的一段话：

> 希望读者从这个平凡的故事里，不仅看到古老山村姑娘质朴、纯真的美好心灵，还能看到她们对新生活真挚的向往和追求，以及为了这种追求，不顾一切所付出的代价。

不管作家自己是否愿意承认，这里的"代价"是包含了自卑与虚荣对质朴、纯真的美好心灵的斫伤的。在小说快要结束的时候，由于害怕回家被母亲责怪，从来不撒谎的香雪"已经想好骗娘的主意"了。因为自卑与虚荣，美好心灵的质朴与纯真已然不那么纯粹，让人不禁生出悼惋的心情；甚至，考虑到自卑与虚荣这种负性情绪对人性、人心的吞噬力与扭曲力，加之从小说中我们并看不出香雪对

"知识"的习得有多突出的兴趣与能力，种种皆让我们对香雪前面的途程不敢乐观。

我发现有语文老师提出了一个有意思的问题：如果香雪用四十个鸡蛋换回的不是自动铅笔盒，而是其他东西，比如，一条裙子，好不好？老师预设的答案当然是不好；而我却不这么看。把小说的核心物象"铅笔盒"换成"一条裙子"，在我看来不仅没有什么不好，相反，一，"铅笔盒"自是比"一条裙子"在政治上和道德上更正确，但是，就算"铅笔盒"具有知识与文化的寓意，"一条裙子"所代表的美的觉醒也比知识的觉醒更少功利，更纯粹；二，小说里隐含的矛盾将因之更尖锐。《哦，香雪》通体和谐，然而又有不和谐，虽然这些不和谐，都被作者漫不经心地一笔带过，比如，凤娇们用本地土产换回女孩子喜欢的发卡、纱巾、尼龙袜是要"冒回家被责骂的风险"的；香雪用四十个鸡蛋换了个铅笔盒，也是要赌上自己"从来不骗人"的人格，谎称那是一个"宝盒子"，才可能逃过母亲的责罚的。如果不是铅笔盒，而是一条裙子，矛盾无疑将更尖锐，因为铅笔盒虽说奢侈，到底还是文具，而一条裙子则除了"招摇"和"显摆"，别无他用。矛盾越尖锐，作家也就越方便以一个"物象"去"撬动"更为沉重，也更为沉痛的东西。我们只好说，铁凝写《哦，香雪》时对生活只掘进到"一只铅笔盒"的层次；更深的掘进，达到"一条裙子"的层次，要等到她一年后写《没有纽扣的红衬衫》的时候。而那时，铁凝已经从她的"香雪"时代蜕变而出，破茧欲飞了。

作家有两类，一类作家告诉我们人生有多么的美好，一类作家告诉我们人生有多么的残酷。写《哦，香雪》时的铁凝当然是第一类作家（铁凝成为第二类作家已经是她写《麦秸垛》《玫瑰门》《大

239

浴女》以后的事了）。孙犁正是在这个意义上称赞《哦，香雪》"从头到尾都是诗"。老作家的称赞当时就为铁凝赢得"荷花淀派新秀"的美名，也使得《哦，香雪》成为当代文学"诗化小说"的经典。这里我提出必须注意的两点：一，诗化小说因为要营造和谐，需要淡化情节，被"淡化"掉的往往就是生活中真实存在的"不和谐"，这当然会削弱小说表现生活的力度；二，由于作家整体上对生活的忠实态度，那些"不和谐"，虽经淡化，却又欲去还来，闪烁其间，从而形成文本上的"裂缝"，让我们得以通过这些"裂缝"，对人生和人性的本相作惊鸿一瞥。

当年偶像是莫言

　　1984 年是莫言生命中的重要年份。这一年莫言在部队考取解放军艺术学院文学系，从而彻底摆脱了自己的农民身份。少年得志，鹏程万里似乎指日可待，成名成家亦只囊中物耳。用莫言自己的话说，放寒假了，也好意思"花三块六毛钱买了一条准牛仔裤箍住身体的下半部分，带着豆蔻花开的美好感觉，探家去"。

　　莫言考取军艺那年往后再数七年，我从苏北农村考入本省的一所师范学院中文系。莫言那时已经是风头正健的青年作家中的翘楚。我进大学后依然是劣性不改，几乎没正经听过课。大一下学期便开始经常逃课，躲到图书馆的过刊室读当代小说。有一天翻开一本几年前的《人民文学》杂志，就读到了莫言的《你的行为使我感到恐惧》，写的是一个男人把自己的命根子给剪掉了。这是我读到的莫言的第一篇小说，那种魔幻、诡异，却又瑰丽的气氛一下子就把我震倒了。啊，原来小说还可以这么写！

　　那时，像我一样从农村出来念大学中文系，自恃有点写作基础，又怀抱文学理想的人，在校园里还有不少。我们那时把文学看得很干净、很清高，不愿意加入校方组织的文学社之类，于是便自然而然形成了一个组织松散的小团体，隐然有跟官气十足的"文学社"较劲之意。二十世纪九十年代初，尚承接着八十年代的流风余韵，这样的小团体在全国正不知有多少。正是在这个"小团体"不定期、不定人的聚谈中，我从一学长那里听到了莫言当年考军艺的"传奇"：本来不是莫言去考，是莫言的一个战友去考。莫言是跟他的战友一起到北京去玩的。到了北京之后，莫言临时起意，干脆自己也进去考一下子。结果，他的战友没考上，他考上了。

这个"传奇"后来又经由我口，传给了不知多少正做着文学梦的学弟学妹，激动了不知多少青涩少年对文学的憧憬与向往。

但这怎么可能！我的家族当年其实还有人在部队里，我不可能不知道在部队里考军校是多么不容易的一件事。光是取得报考资格就是既繁且难，莫言当时在部队肯定动用了一个农村兵能"用得动"的有限的、可怜的全部资源与人脉，才拿到那张准考证的。怎么可能是"临时起意"，说考就考呢?! 问题是，明知不可能，我们为什么又乐于相信这样的"传奇"，并津津乐道，口口相传?

莫言是我们当年的青春偶像啊，而偶像的成功往往难免要被"传奇化"的啦。把一个人的经历给"传奇化"，就是要夸大这个人成功的偶然因素，且宁愿相信这些偶像的成功给自己提供了某种命运的暗示。

时间过去又二十多年，中国出了个李宇春。李宇春成为一代新新人类青春偶像的过程，亦是一个被"传奇化"的过程。比如，原本毕业于音乐学院的科班经历，就被口口相传的传奇"化"于无形，而借"超女"一夜成名的机运却被无形放大。

一个时代的青年有一个时代青年的偶像。以一个作家为偶像，与以一个歌星为偶像，未必就有多高尚，背后的社会心理其实是一样的。可以说，走捷径，凭机运，便可"发迹变泰"，暴得富贵，暴得大名，正是"偶像"现象背后的社会心理基础。这也就解释了为什么科学家很难成为"偶像"——倒不是因为科学家不及明星们"富贵"，而是因为成为一个科学家太难了。如斯而已，如斯而已。

差不多是过了四十岁之后，对于阅读对象，膜拜之心消遁，挑剔之意渐萌。曾经再是神圣的偶像也开始走向黄昏。读莫言后来的越来越大部头的作品，我已经没有了读他早期作品时的激动乃至震撼。《丰乳肥臀》自是一本奇书，但语言的水分是不是太大了？正是语言的水分膨胀了小说的篇幅；《生死疲劳》是写土改的，想象力是不是太无节制？我就觉得不如同一题材的严歌苓《第九个寡妇》写得好。可以说莫言是在我对他"越写越不如从前"的嘟哝声中一步步地迈向世界文学的最高领奖台。

对于阅读对象，从膜拜到平视乃至挑剔，也许也能算是一种成熟吧。至于管老哥（莫言原名管谟业），您都已经是世界级大作家了，不会再介意我的这几句"挑剔"了吧。

243

如果我是路遥

　　距今二十多年前，我有过几年特别缺钱的日子。最惨的一次是早晨起来，摸摸身上只剩一块八毛钱！我在江苏教院食堂门口那棵松树下徘徊，纠结着是吃早餐呢还是去买烟。最后还是买了包大前门，只好饿着肚子去上课。那时我在省城进修，已经看看就奔三十的年龄。那几年因为缺钱而付出的人格损耗，今生恐也无从弥补。

　　缺钱的日子在我身上留下诸多后遗症，比如一看到钞票，眼里放出的光跟那些倒霉男人头上的帽子一个色儿；再比如兜里总要装几百块钱，否则心里发慌，走路也像要发飘。有时临上课，摸摸口袋没钱，冒着迟到的风险，也要到校园里的取款机上取上几张，宝贝一样揣兜里。仿佛身上不装点钞票，讲起课来也不那么有底气似的。

　　正因为过过缺钱的日子，我特别看重钱。对那些找钱能力特别强的人，我嘴上不说，心里是敬重与佩服的。如果有来生，我或会把"没有钱，毋宁死"作为人生指南也说不定的吧。我现在一所大学中文系教书。我的课堂无甚特色；如果有的话，可能就是我会经

244

常在课上宣讲钱的好处。前阵子北大有女生写文章"感谢贫穷"。光这四字标题就把我震倒了！应该感谢父母的劳苦，感谢自己的努力……怎么可以感谢贫穷！她难道不知，更多的人被贫穷毁掉了；他们被贫穷扭曲了人性，湮灭了智性，甚至吞噬了生命，当然也就没有机会写一篇《感谢贫穷》唔的供人们刷屏。

我的基本观点是，行有余裕，不必为柴米发愁的宽松的生活环境对于一个人的心智以及创造力的发展才是更重要的。我希望这能成为所以要"全面建成小康社会"的一个理由；而况钱的好处又何止于斯！有了钱才有自由，你以为我手里的彩票一旦中奖，我还会陪你们玩这无聊的游戏吗？大爷去也！有了钱我会变得更宽容；有了钱，我对生命的恻隐和悲悯将不仅仅停留在口头上；更为重要的是，对于一个写作者，有了钱，思想的境界和视界都会不一样。

最近，路遥又被谈论得比较多。路遥是把自己写死的。我觉得一个作家，应该靠自己的作品立得住，怎么能靠把自己写成"烈士"！文学创作又不是打仗冲锋。路遥生前是陕西文坛的获奖专业户，每次获奖对路遥的弟弟王天乐来说，可说都是一次折磨，因为每次都要带累他为路遥筹措进京领奖的路费。后来，路遥已经害怕再得奖了，他实在凑不足领奖的路费了。因为钱，路遥和弟弟王天乐虽不至反目，却已是矛盾重重；因为钱，妻子和女儿离他而去……

如果我是当年的路遥，或者说当年的路遥如果换作现在的我，我当然不是说，我一不留神也能写出一部《平凡的世界》，而是想说，我才不会去写什么劳什子小说。我要先解决我的财务问题，从而也让自己活得潇洒些、滋润些。有人可能会说，那样，我们就没有《平凡的世界》了，这也是；但，没有，又如何呢？

如果允许讲实话，我不得不承认，《平凡的世界》是一部让我无法佩服的作品，虽然据说它高居各大高校图书馆图书借出率的前几名。陕西作家中，我佩服陈忠实的《白鹿原》，佩服贾平凹的《废都》，却无法佩服路遥的《平凡的世界》；但我佩服路遥的《人生》。路遥在那么年轻的时候，就能写出《人生》这么深刻的东西，难免让我们对他的文学未来作联翩浮想。据说《平凡的世界》的创作动因之一是有人称"《人生》是路遥难以跨越的标杆"，这是怀抱巨大"文学野心"的路遥断断不能接受的。然而现实很残酷。如果说《人生》是一杯酒，它让人困惑，让人遐想，让人沉思，也让人激动和振奋，那么，篇幅超过《人生》几十倍的《平凡的世界》不过是一大缸"鸡汤"而已，它能拥有那么庞大的读者群，本身就是中国当下文学阅读和接受的怪象，值得深长思之。

经济上的长期困窘局限了路遥思想的境界和视界，也影响了路遥艺术才能的发挥，使得路遥未能向思想和艺术的更深处掘进。逝者为尊是我们的传统，这样的传统难说它好与不好；何况路遥在中国文坛已然成为一种文学精神的象征，所以以上这些对前辈颇有"不敬"的话，竟没有或少有人说。那么，就由我来做安徒生童话中的那个小孩子吧。

好的文学需要好的生活状态、生活品质的滋养。苦难是艺术的源泉，这句话要么是骗人，要么是它的含义被普遍误会。我觉得还是王小波看得明白：别人的苦难才会是你的艺术的源泉；你的苦难只会成为别人艺术的源泉。

算算时间，自己提笔为文到今年正好是十年光景。有过短暂的两三年写起来特别顺手的时候，那时手指敲起键盘来"啪啪啪"的也特别带劲，几乎就让我误以为自己写作的"春天"就要来临。然而现实同样很残酷，期待中的"大的气象"至今依然犹如年轻时梦驰过的漂亮姑娘，遥不可及。我知道自己最缺的不是才力和学力（当然也缺）；至于最缺什么，我不说，你懂的。

贫穷的腐蚀

《生死场》结构零散，没有一个贯穿始终的人物和故事，相对完整的情节可能就是小说中关于金枝的命运的叙述了。金枝小的时候跟她的母亲到自家的菜园子里，不小心踩坏了一棵菜，她的母亲便骂她，打她。萧红写道：

> 母亲是爱她的孩子的，但母亲更爱她的菜、她的庄
> 稼……妈妈们摧残着孩子，永久疯狂着。

萧红笔下的那个年代的乡村景象堪称惨烈，然而我相信却不仅是二三十年代，甚至也是以后几十年里中国乡村的日常。我小萧红六十岁，萧红 1942 年去世的时候，我的母亲还没出生呢。不知道是值得遗憾呢，还是庆幸，萧红笔下的惨烈的乡村景象竟一点也不让我觉得有丝毫的夸张，因为这些也是我曾经耳濡目染的生活。

很多词我是先知道音，然后才晓得具体含义的。比如"婊子"这个词。我最先知道这个词是因为我们那里祖母骂孙女、母亲骂女儿时常用到这个词，有时甚至还要咬牙切齿地加上"千人压万人上"

作为定语。很多年以后,当我第一次知道了"婊子"这个词究何所指的时候,无异于五雷轰顶之余,我首先想到的是,本该是慈祥和蔼的那些祖母、母亲们为何竟会如此恶毒地诅咒自己的孙女、女儿去从事她们眼中天底下最肮脏的行当?

如此凶狠、恶毒背后的原因却并不复杂——"穷"。难以想象的贫穷的痛苦,在一个家庭里大部分要由"主中馈"的母亲来承负的,重压之下,她们需要发泄的出口,向异姓旁人发泄无异于找人"撕嘴",于是自己亲生的孩子,尤其是女儿就成了她们经常的宣泄情绪的出口;而况贫穷的压迫本就会扭曲人身上的自然本性,甚至湮灭人身上的父性、母性。《生死场》中金枝和成业结婚后有了孩子,贫贱夫妻百事哀,在一次争吵的盛怒之中,就把出世才一个月的女儿活活摔死。孩子死了,最悲伤的不是父亲、母亲,而是故事的叙述者女作家萧红,她以《生死场》中难得一见的柔软的笔调写道:

> 小小的孩子睡在死人中,她不觉得害怕吗?妈妈走远
> 了!妈妈啜泣听不见了!天黑了,月亮也不来为孩子做伴。

极端的贫穷甚至把人降低到低等动物的水平。《生死场》第六章《刑罚的日子》写女人的生产。新生命的诞生在萧红笔下没有丝毫的庄严与神圣,而是充满了恐惧、痛苦、血腥与污秽。由于贫穷,女性生产没有起码的卫生保障。萧红饶有深意地先写猪在"生孩子",狗在"生孩子",最后才写人在生孩子。写完这些,萧红有一句后来被人一再引用的慨叹:

> 在乡村,人们像动物一样,忙着生,忙着死……

以我的阅读经验观之，对金钱的腐蚀作用揭示得最触目惊心的是巴尔扎克，揭示得最深刻的则是雨果。在 1869 年写成的长篇小说《笑面人》中，雨果以象征性的笔法写道：

> 黄金的体积每年要磨去一千四百分之一。这就是所谓"损耗"。因此，全世界流通的十四亿金子每年要损耗一百万。这一百万黄金化作灰尘，飞扬飘荡，变成轻得能够吸入呼出的原子，这种吸入剂像重担一样，压在良心上，跟灵魂起了化学作用，使富人变得傲慢，穷人变得凶狠。

雨果的深刻在于发现了金钱不仅腐蚀有钱的富人，也腐蚀没有钱的穷人。从某种意义上讲，穷人变得凶狠的可能性比富人变得傲慢的可能性还要大。今天已经不必为之避讳的历代农民起义所以每每发展成导致文明倒退的破坏性力量，原因盖在此吧。

半个多世纪以来，在中国，穷与富不单单是经济地位的判断，同时也是道德判断，这当然很不正常。余生也晚，等我出生的时候，富人阶层已被革命的风暴荡涤一净。在我们后来接受的教育中，有钱必意味着人性的沉沦与道德的堕落，贫穷则几乎就是淳朴、善良等美好人性的代名词。小的时候，从电影上看到的大户人家的少爷几乎无一例外地张牙舞爪、横行霸道、鱼肉乡里、欺男霸女、无恶不作。上海人陈丹青虽也长在红旗下，却有机会见到过当时已经沦为政治贱民的民国富家子弟，根据他的印象，"他们对钱根本没有概念，单纯得很"。这或许要惹得"穷哥们"不高兴，我却越来越愿意相信这是真的。我不憎恶穷人，但我憎恶贫穷！我期待着经济学家理想中的"橄榄球型"社会的到来，如大旱之望云霓。

单就文本的优美与精致而言，《生死场》是没法跟萧红后来的《呼兰河传》相比的。写《生死场》的时候，萧红的语言训练和修辞训练都不够，以致《生死场》文本特别粗糙，若是写在今天，断无发表和出版的机会。但《生死场》在现代文学史上的独特性又非《呼兰河传》所能及，它几乎就是独一无二的。贫穷在《生死场》的世界里，不单单是激发革命情绪的酵母，也是穷人的精神腐蚀剂；这样的精神腐蚀又势必影响革命的品质与未来的走向。这样的高度使萧红远远超越了同时期的其他左翼作家。

一个故事的两种讲法

唐朝诗人祖咏有著名的《终南望余雪》：

> 终南阴岭秀，积雪浮云端。
> 林表明霁色，城中增暮寒。

据清人王士禛《池北偶谈》，这首诗本是祖咏的应试诗。唐朝的科举试诗赋，规定需作五言六韵，两句一韵，六韵就是十二句。如另一个唐朝诗人钱起的名作《省试湘灵鼓瑟》：

> 善鼓云和瑟，常闻帝子灵。
> 冯夷空自舞，楚客不堪听。
> 苦调凄金石，清音入杳冥。
> 苍梧来怨慕，白芷动芳馨。
> 流水传潇浦，悲风过洞庭。
> 曲终人不见，江上数峰青。

就是一首中规中矩的应试之作。而祖咏只写了两韵四句，便交了卷，于是"主者少之"，就是主考官认为他写得太少，欲判他不及格。祖咏回答了两个字"意尽"，意思就是：我要表达的意思已经到位，四句足够了。

古人写诗贵言少意足，我想祖咏真正想说的是，写诗，话不可说尽；话不说尽、不说满，方能有言外之致、弦外之响，正所谓"含不尽之意见于言外"。否则，话说得多了，那点"意思"也就被稀释掉，诗意也就寡淡了。

《红楼梦》第四十八回，黛玉教香菱学诗，香菱说："我只爱陆放翁的诗'重帘不卷留香久，古砚微凹聚墨多'，说得真有趣！"黛玉却道："断不可看这样的诗，你们因不知诗，所以见了这浅近的就爱，一入了这个格局，再学不出来的。"林黛玉为什么不喜陆游的这两句，我想无非是因为这两句言固工巧，意则寡淡。前一句"重帘不卷留香久"，还有点意思；后一句"古砚微凹聚墨多"，就像是为与前一句"对偶亲切"生造出来的，连前一句那点"意思"也被稀释掉了。其实陆游的这个缺点后人多有指陈。钱钟书《谈艺录》即言："放翁之不如诚斋，正以太过工巧耳。"钱氏又引刘克庄《后村诗话》谓"古人好对仗，被放翁使尽"，认为"放翁比偶组运之妙，冠冕两宋"；问题是"太过工巧"，"意思"跟不上，往往导致"文胜于质"。当然这里不是否认陆游的成就；但陆游是古代传世诗作最多的诗人，竟多至九千多首，如此则难免良莠参差，正易让人挑出毛病耳。

以上是专就诗而言；然诗、文之道互通。文章以语言、文字为材料表达思想感情，而相对于人类情思的丰富与复杂，语言文字总难免显出苍白无力。中国的古人对语言文字的局限早有清醒的认知。

陆机《文赋》有"意不称物，文不逮意"的感叹；刘勰《文心雕龙》的《神思篇》则说："方其搦翰，气倍辞前，暨乎篇成，半折心始。何则？意翻空而易奇，言征实而难巧也。"中国古人的办法是"藏拙"，正因为"文不逮意"，故不务"多言"，讲究"言有尽而意无穷"，以语言文字的"不尽"而求"意思""意境"的"无尽"，追求余韵、余响、余味。明代古文家归有光《项脊轩志》结末"庭有枇杷树，吾妻死之年所手植也，今已亭亭如盖矣"，就是"不尽之意见于言外"的一个很好的例子，人事代谢，生死异途，沧桑之感，尽在"不言"中矣。

到得现代，胡适等人发起的白话文运动把白话文和文言文对立起来，汉语书写的审美传统危危乎殆哉。胡适这个人在思想史上是伟大的，但文章实在算不得高明。相对于"有余不尽"，胡适追求的是"言无不尽"。胡适曾写过一篇《三论信心与反省》，讲了一个笑话，讽刺一般人总是高谈中国民族的固有文化，不肯承认自己民族的短处，立意是好的，但笑话讲得实在不高明：

> 甲乙两人同坐，甲摸着身上一个虱子，有点难为情，把它抛在地上，说："我还以为是个虱子，原来不是的。"乙偏不识窍，弯身下去，把虱子拾起来，说："我还以为不是个虱子，原来是个虱子！"

似乎是一片照顾读者理解力的苦心，怕听笑话的人不知道"笑点"在哪里；然安知这种"苦心"不是对读者的冒犯？！

与胡适同时的周氏兄弟与胡适虽说是白话文运动的"战友"，但论起文章之道，却与胡适判然两途。如果说胡适是"言无不尽"派，周氏兄弟则显然属于"有余不尽"派。在重要的历史关口，周氏兄弟以自己的写作实践延续着汉语书写审美传统的一脉香火。同样的笑话，鲁迅想必就会这么讲：

> 甲乙两人同坐，甲摸着身上一个虱子，有点难为情，把它抛在地上，说："我还以为是个虱子。"乙偏不识窍，弯身下去，把虱子拾起来，说："我还以为不是个虱子！"

在社会思想上，我越来越愿意跟胡适站在一起；但在文章之道上，我却依然选择跟鲁迅站在一边。

最后交代一下写这篇小文的"切身"由头。因为编自己的第二本杂文随笔集，冒着暑热整理旧稿。有几篇文章我自己很不满意，于是尝试把这几篇统统删去最后一段，没想到，"顿觉眼前生意满"，说"境界全出"，那是夸大；可以拿出来见人了，是真真的。

"柳"冠"焦"戴

鲁迅在《言论自由的界限》一文开头便以《红楼梦》里的"焦大骂贾府"做引子："焦大以奴才的身份，仗着酒醉，从主子骂起，直到别的一切奴才，说只有两个石狮子干净。结果怎样呢？结果是主子深恶，奴才痛嫉，给他塞了一嘴马粪。"鲁迅接下来才有焦大是"贾府的屈原"并以之比附"新月派"诸君之妙论。

近读王元化《集外旧文钞》，里面有一篇《闲话石狮子》，是元化先生1946年为《联合晚报》副刊《夕拾》写的专栏中的一篇。文章由卢沟桥的石狮子联想到宁国府门前的石狮子：

> 《红楼梦》中宁国府门口也有一对看门的石狮子。有一天，焦大因感慨于贾府的子孙不良，竟破口大骂道："这家里只有这对石狮子是干净的！"

元化先生竟像鲁迅当年一样，不加细察——"只有两个石狮子干净"这样颇得"春秋笔法"之妙的"骂"法断非焦大那样的有口无心的粗人能虑之于心而后宣之于口的。

按"焦大骂贾府"事见《红楼梦》第七回《送宫花贾琏戏熙凤,宴宁府宝玉会秦钟》,揆之原文,焦大骂"杂种王八羔子"是有的,骂"每日家偷狗戏鸡,爬灰的爬灰,养小叔子的养小叔子"也是有的,唯独没骂"只有两个石狮子干净"这一句。"只有两个石狮子干净"原是柳湘莲对贾府的评价,事见该书六十六回《情小妹耻情归地府,冷二郎一冷入空门》。尤二姐、尤三姐跟宁国府贾珍、贾蓉父子不清不白,及于"聚麀之乱"(麀,母鹿也,"聚麀之乱"即指父子共享一个女人的乱伦行为),当柳湘莲从宝玉口中得悉尤三姐跟宁国府的关系,深悔当初与三姐定下婚约:

> 这事不好,断乎做不得了。你们东府(指宁国府)里
> 除了那两个石头狮子干净,只怕连猫儿狗儿都不干净。我
> 不做这剩王八。

柳湘莲毕竟是有点文化的人,"骂"得较之焦大含蓄、婉转,却也透彻得多。焦大若能稍微有点文化,比如像柳湘莲这样稍微注意点措辞,而不是大爆粗口,不堪入耳,从而惹恼了凤姐,亦不致给"塞了一嘴马粪"也。

可见,"只有两个石狮子干净"是柳湘莲讥评宁国府的话,而非焦大骂宁国府之语。何以那么多年来雷同一响,"柳"冠"焦"戴?我想鲁迅、王元化诸公是要负一定的"以讹传讹"的责任的。直至今日,很多人,其中不乏专家教授级别的人(比如当红学术明星、央视"百家讲坛"的王立群教授),提到"焦大骂贾府",仍言必称"只有两个石狮子干净",可见真正用心读过《红楼梦》的人看来并不多。这也不奇怪,因为,据说,所谓名著者,即人人皆说好,而很少有人去读之书也。

管谟业的"年关"

　　那时还没有作家莫言，只有山东高密大栏乡老管家最小的孩子管谟业。春天遭了场大风，夏天遭了场大旱，秋收时节雨又下个不停。烂在地里的是粮食，也是全村几百口人最后的指望。

　　一步步正在逼近的年关！县里拨下来救济粮，老管家却没份儿。救济粮是救济人民的，老管家的成分是富裕中农，基本上不算"人民"！为了能让孩子们在除夕夜吃上一顿饺子，父亲管贻范以家传的木匠活手艺，把一扇破板门改成两张小饭桌，让还是小学生的管谟业背到集市上去卖，却被自称是税务所的人给强行没收了。管贻范踢了"没用"的小儿子管谟业一脚，开始唉声叹气，"主中馈"的母亲管高氏眼泪汪汪。邻居、童年的小伙伴王冬妹悄悄地对管谟业说："小三，不要紧，我有办法让我们两家都能吃上过年的饺子。"

　　那个大年夜，冰雪遍地，小学生管谟业和小伙伴王冬妹提着个瓦罐子，到邻村去要饭，要饺子。"我们奔着光明去，哪家光明就说明哪家正在煮饺子。"一路上，冬妹不停地嘱咐："小三，编好的词儿别忘了！"很多年之后，作家莫言还记得他们初发利市的那家有一个高大的门楼，养着一条叫声粗壮的大狗，莫言写道："叫花子与狗是死对头，但我们不是叫花子，我们是给人带来幸福和财富的财神爷！"每到一户有光亮的人家，小学生管谟业便朗声叫道：

> 财神爷，站门前，看着你家过大年。过大年，真正好，
> 你家招财又进宝。
> 快开门，快开门，开门搬回聚宝盆。送水饺，送水饺，
> 金子银子往家跑……

一开始还有点胆怯，到后来胆气渐豪，声音渐壮，扯开喉咙大喊也是对抗寒冷的好法子呢！又是一户有光亮的人家，还没等小学生管谟业把编的词念完，大门就豁朗地开了。一个小男孩，端着两个饺子送出来。他一手端着碗，一手还举着一个红灯笼。他把两个饺子扣到瓦罐里，提起红灯笼照了照小学生管谟业的脸，然后就受了惊吓一般回头就跑，边跑边喊："爸爸，爸爸，财神爷是我同学！"

年后新学期开学，他们装财神爷的事连同那段"顺口溜"传遍了全校。语文老师听说了这件事，专门来问小学生管谟业："你们唱得真好，那些词是你们自己编的？"管谟业难为情地点点头，老师摸着他的头说了一句话："自古英才出寒门，好好努力吧！"

十年后的 1976 年，管谟业参军入伍。十八年后的 1984 年，管谟业考取解放军艺术学院文学系。入学后的第一篇作业是系主任、著名作家徐怀中布置的：写一写"我是怎样走上文学之路的"。管谟业这一届同班同学共三十五人，大多已在文坛小有名气，比如李存葆那个时候已经发表了中篇小说《高山下的花环》和《山中那十九座坟茔》，并两次获得全国优秀中篇小说奖；宋学武那时已经写出《干草》并获得全国优秀短篇小说奖；后来以电视剧《中国式离婚》

259

名闻天下的王海鸰那时已经是军内小有影响的编剧；而管谟业却还名不见经传！要写得紧扣老师的题目无疑是自我讽刺。这个时候管谟业想起了了广袤、苍莽而苦难的齐鲁大地，想起了那个冰天雪地的大年夜，想起了聪明伶俐，后来却嫁了个哑巴，过着牛马般生活的童年的小伙伴冬妹……他似乎知道了自己该怎么去写这篇作业，自己所追寻的文学的"根"应该扎在哪里。管谟业提交的作业题为《也许是因为当过"财神爷"》，满怀深情却又不露声色地讲述了这段不堪回首的往事——他径直把那段和冬妹一起编的"顺口溜"作为自己最初的"文学创作"了。

在这篇文章的结尾，管谟业写道：

老师，就这样吧。我仅仅是一个文学爱好者，至今也没有走上文学之路，只好这样装神弄鬼地糊弄您。俺爹曾经对俺说过，"常在河边走，哪能不湿鞋"，"瓦罐不离井沿破，跟着巫婆学跳神"。俺这样像小毛驴子一样虔诚地围着文学转圈子，没准也就能沾边上路了呢。

几个月后，原名管谟业的作家莫言的《透明的红萝卜》发表，一颗璀璨的文学新星冉冉升起于世界东方。

男爵的启示

　　柯西莫从十二岁那年的一天中午拒绝吃午餐桌上的蜗牛开始，就逃到了树上去生活，从此再也没有踏上过陆地半步，一直到六十五岁那年攀附上热气球在海上消失（坠海而亡），也就是说，他在树上度过了大半生，从而"创造了超越尘寰的另一种生存形态"。

　　意大利作家卡尔维诺在小说《树上的男爵》中讲述这个童话一般的故事用的却是严格的现实主义的手法，也就是说，他并没有把男爵柯西莫的生活作为神秘的灵异事件来书写，而是遵循地上的人所可想象的日常逻辑。柯西莫逃到树上的第二天，接受了他的弟弟，也是小说的叙述者比亚乔送给他的被褥等生活用品；柯西莫逐渐学会了在树上生活的一切本领，他在树上钓鱼和打猎，用剩余的猎物跟地上的人们交换其他的生活必需品；柯西莫在树上渐渐长大以后，跟邻居的女儿薇娥拉有了一段起初轰轰烈烈最后让他痛不欲生的爱情；他在树上读书、写作，并且跟当时欧洲的很多大哲学家通信；他在树上设计并修建了一条"水渠"造福桑梓；他甚至在树上领导一次森林烧炭工人的罢工。他在树上出席他姐姐巴蒂斯塔的婚礼，并且一直等到举行婚礼的房间所有窗口的灯光都熄灭了才最后一个离开，小说中写道：

> 他躲在一棵梧桐顶上，挨着冻，望着灯火辉煌的窗子，
> 看着我们家室内张灯结彩，头戴假发的人们跳舞。他的心
> 里曾经涌起什么样的情绪呢？至少曾经稍稍怀念我们的生
> 活吧？他曾想到重返我们的生活只差一步之遥，这一步是
> 那么的近又是那么的容易跨越吗？

在地上的时候，乖张、任性的姐姐巴蒂斯塔，狭隘、虚荣的母亲让柯西莫那么难以容忍，逃到树上生活之后的柯西莫反而焕发出动人的、细腻美好的情感，产生了对地上的人的深切怀念。他的母亲弥留之际，他在树上用鱼叉叉了一瓣橘子送进他母亲的嘴里。

文学离不开想象力，这是已近似老生常谈的"常识"。上帝是吝啬的，人类作为上帝的"造物"，活在这个世界上有太多的限制，比如就飞翔的本领来讲，人甚至不如一只小鸟，人类想飞，但是事实上却不能飞；但上帝又是公平的，他赐予了人类以想象力，其实只有在想象的或者说虚构的世界中，人类才是绝对自由的。如此，想象力则不仅是一种文学表现手段，它也是人类的尊严和价值之所系。已经有有识之士指出过中国文学的"想象力的贫乏"，这样的批评初看起来，殊不可解：我们有《西游记》，有《聊斋志异》，孙大圣一个筋斗十万八千里，怎么能说我们的文学缺乏想象力呢？读了卡尔维诺，我们或许会明白，真正伟大的想象力并不是创造一个神神怪怪的灵异世界，而是创造一个看起来似乎伸手就可以触摸，但事实上又遥不可及的世界，就像男爵柯西莫在树上的生活世界。

我是早过了迷恋某一个作家的年龄。况且迷恋卡尔维诺的人多

了去了，我这个后来者恐怕还排不上队。有一个事实是，我长久地迷恋着《树上的男爵》中男爵柯西莫在树上奋力攀缘、跳掷翻腾的身影，柯西莫下到最低的一根树枝的时候，他距离地面只有一尺来高，而这一尺来高却成为我们永难跨越的距离。柯西莫的故事似乎是在启示我们，其实，我们只需一抬腿，便可以逃离琐屑、平庸的世界，去创造另外一种生气勃勃的生活。然而，事实上，我们无法舍弃脚踏实地的安全感，海阔天空的自由由于无法预知的艰厄与险阻成为我们难堪的重负。

什么是文学呢？我们一直被告知：文学是用来反映现实生活的。我觉得我们有理由怀疑：文学如果是用来反映现实生活的，我们已经有了活生生的现实生活，还要文学干什么？它岂不显得多余？我赞同史铁生的说法，与其说文学是用来反映生活的，不如说"文学是用来发展生活的"。换成昆德拉的说法，文学是对存在的勘探，是对人类存在可能性的探索。真正的好的文学总是有那么一点不现实，而这"不现实"不仅不是文学的"缺点"，反而正是文学存在的一个理由。男爵柯西莫在树上的生活也许在人世间永远不会发生。我们的生活中如果出现一个这样的"柯西莫"，他会被强行送往精神病院的。在人间绝无可能发生的事情于是只好作为人类存在的一种"可能性"存活于伟大作家的想象与虚构之中。正是这样的"可能性"偶或照亮我们琐屑、平庸的生活，引领我们反省人性的歧路，永慰我们人生寂寞的长途。

语词的变迁

中国的"国骂"是骂人话里比较恶毒的。若是照直翻成英文，再是对"性"的问题无所谓的西方人恐怕也不能坦然以对。我曾经在文章里分析过"国骂"里包含的精神胜利法的因子：你虽然怎么怎么样，但你妈妈跟不是你爸爸的男人比如我怎么怎么样了。但也许是语义变迁的结果吧，在中文语境里浸淫既久就会发现，其实这句"国骂"远没有坐实了理解起来那么恶毒与刺耳，相反，在很多时候，它已经锋芒尽失，所表达的意思已经跟 hello 或者 my dear 差不了几分毫。关系很铁的哥们见面，左一个"你妈的"，右一个"你他妈的"，张嘴就来，其乐融融。鲁迅讲他曾在乡间看到父子一桌吃饭，儿子指着一碗菜对父亲说："这不坏，妈的你尝尝看。"那个父亲回答："我不要吃，妈的你吃去吧。""国骂"已经"醇化"如此！

词语的感情色彩的变迁也许与汉语本身的多义与暧昧有关，这留待语言学的专家去研究。读者诸君也不要误会，我于汉语的语词情感色彩的变迁也并无意见，"运用之妙，存乎一心"，关键在人。时下正悄悄发生的几起语义变迁的"案例"，正由于"运用之妙"，或可让我们从中窥见新型政治文明的曙光。

比如"围观"。"围观"本中性词，无所谓褒贬、好坏、喜恶。但自五四以来，中国人好"围观"作为国民根性之一端遭到先贤楬橥，"围观"一词竟遭慢待，已有年矣。说某人流鼻血，因仰脸止血，于是便呼啦啦围过来一圈人，以为"天开异景"或有大鸟巡天。这样的故事流布甚广，妇孺能详。

然"围观"一词现已出头有日。《南方周末》打出"围观改变中国"的口号。当监督与制衡的制度阙如，舆论"围观"或可给当政者造成舆论压力，促成问题的解决；通过网络（比如微博）"围观"成为民意表达的重要渠道。"一盘散沙"通过"围观"形成汹汹民意，平日里牛气冲天的官员们不也得低首下心？"围观"岂可小觑也哉！

再比如"妥协"。汉语中"妥协"一词历来偏向贬义，与"反动"几乎差不了多少。今年是辛亥革命一百周年。我们上中学那阵的历史教科书中，"辛亥革命"几乎就是一个让人痛心疾首的历史名词，因为它是"妥协"的、"不彻底"的终而至于"失败"的。然"妥协"何辜？孙中山向袁世凯妥协，导致袁世凯窃取了"革命"果实，那也只能证明"妥协"的对象非人，也算是"遇人不淑"吧，而不能证明"妥协"本身有什么不好。吃鱼有时会卡住喉咙，可鱼还是个好东西。如果考虑到中国历史后来的发展线索，"不妥协""彻底"才真真更可怕，因为一不留神就会"不妥协""彻底"到你的头上，那可就不是闹着玩的了。比如，你头天晚上还是"人民"，第二天一觉醒来发现，你已经被剔除出"人民"的队伍，变成人民的敌人。

如今，"妥协"一词亦出头有日，越来越多的人开始认识到，健全的政治离不开妥协。如果政治不仅仅是斗争，也意味着调和，意味着不同阶层利益与权益的公平博弈，则难免妥协，由妥协而至均衡、共赢。希特勒、萨达姆、卡扎菲的"强人"政治不愿意妥协，但往往就"以一己之心力，主万姓之浮沉"。一人之"强"，千万人之"哀"也。

读书"得间"五则

/

李商隐《夜雨寄北》"巴山夜雨涨秋池"句，看似寻常写景，其实亦是以暗喻写心情。心胸为思念之情充满正如"雨涨秋池"一般。此正所谓不尽之意而见于言外。

东海西海，心理攸同；诗思、诗情，中外亦或相通也。智利女诗人米斯特拉尔（1945 年诺贝尔文学奖得主）有一首《爱》：

> 我本是一座涨满的池塘，
> 可对你却像干涸的泉眼一样。
> 一切都由于你痛苦的沉默，
> 它的残暴胜过死亡。

米氏"我本是一座涨满的池塘"正可与义山"巴山夜雨涨秋池"句互相发明。

晨起闲翻《苏东坡传》。首章写东坡才思敏捷，引东坡谪居黄州时，于席间随手写下的《赠黄州官妓》：

> 东坡五载黄州住，
> 何事无言及李宜。
> 却似西川杜工部，
> 海棠虽好不吟诗。

按：传少陵一生所以未有一诗而及海棠，实避母讳也（传杜母名海棠）。果如此，东坡此诗显有不妥。以歌妓而比其母，可谓深乖礼法。

所以，我觉得东坡此诗也许可作为一反证——少陵避母讳而不赋海棠云云，捕风穿凿之谈也。否则，以东坡之淹博，岂能不知，而犯下如此低级错误乎?!

3

重读鲁迅先生《看镜有感》后想到的：

"平安夜"，成某安全套品牌广告词。我想，以上帝的雅量，必不至于为人类的此种小狡黠动气。

同理，年轻人过过"洋节"，图个乐子，以孔老夫子那样的文化自信，也必不至于神经过敏到吹胡子瞪眼。

4

元代诗歌一直被认为是"卑之无甚高论"的。大学时学文学史，元诗就那么薄薄的几页，就那么寥寥几个人。若非从曹聚仁的书中读到几首文学史所不载的元人诗，我恐怕会一直认为元人无好诗的。比如这首：

> 涌金门外柳如金，三日不来成绿阴。
> 折取一枝城里去，教人知道是春深。

诗作者贡友初可谓元人而有唐音者，好过文学史教材里正襟高坐的刘因辈不知凡几。可惜这些山野荒村的吟唱大多随风而散，成了文学史上的失踪者。

5

陶渊明《与子俨等疏》：

> 恨室无莱妇，抱兹苦心。汝等虽不同生，当思四海皆兄弟之义，管仲、鲍叔，分财无猜，他人尚尔，况同父之人哉！

"不同生"，谓不同母也。又《责子》诗有"雍端年十三，不识六与七"句，雍、端二儿同父，而年相若，异母必也。宋人洪迈《容斋

269

随笔》卷八"陶渊明"条据此两例认为，渊明正妻外，尚有小妻一枚或数枚也。

乱曰：俗谓妻不如妾，靖节先生晚间翻牌子时，尚能一视同仁，而得免此俗乎？俗又谓"三不和"：前后任、大小妻、正副职，靖节先生亦曾于大小妻之间，左支右绌，狼狈苦辛乎？一笑。

写作其实并无"乐趣"

　　我夫人一直管我写文章叫"放屁"。当我伏案敲键盘时，她若心情还好，就会晃过来，调戏我道："又在放什么屁啊？"我夫人是学化学的，大学时还兼修过生物，大概在她看来，文章就像是屁，瘪在肚子里不放出来不也难受，放出来就轻松了？所以写文章不仅不可以作为推卸家务劳动的借口，相反，"屁"放出来了，轻松了，就更应该努力家务才对。

　　我虽对有一类文章避之唯恐不及，奈何人在江湖！我这个"文人"也偶有"蒙"领导同志"宠遇"的时候。新楼落成，来一篇类似古代的"铭文"吧；领导同志的小舅子的企业要宣传，文字方面你把把关；军训结束了，要送地方部队一面锦旗，给锦旗上拟两句话吧……或公或私，诸如此类。我一直"无耻"地觉得我应该为我的辛劳与付出获得报偿，只可惜大概在领导同志看来，我只是放了一下"屁"，轻松可同娱乐；而他们给我提供了"放屁"的机会，没找我收取费用，我就该谢天谢地啦！

　　以上领导同志们（夫人在家里也是"领导"）的态度起码部分地代表了一般社会对"写作"这种行为的流行看法。尤其是像我这样的基层写作者，我们写作的"劳动"性质在很多人眼中其实是非常暧昧可疑的。

但我今天仍然要说，写作不仅是一种劳动，而且是一种创造性劳动，它有简单的体力劳动无可比拟的地方。简单劳动所生产的是这个世界上业已存在的东西；而写作所"生产"的每一篇"产品"都是这个世界上原来不存在的东西，写作所以为"创造"者在此。很多人把写作视同乐趣或娱乐，而娱乐和乐趣的关键词是放松，而从这个意义上说，写作其实并无乐趣，因为它没有轻松可言。或者说写作即使是一种"乐趣"，也是一种特殊的乐趣，非钓鱼、跳交际舞、K歌等所可比拟。著名哲学家冯友兰作为"资深写作者"的一番话，可谓深得写作之个中三昧：

> 照我的经验，作一点带有创作性的东西，最容易觉得累。无论是写一篇文章或者写一幅字，都要集中全部精神才能做得出来。这些东西可能无关宏旨，但都需要用全副的生命去做，至于传世之作那就更不用说了。

冯友兰的话可以解释我一直困惑的两点，一是写作过程中和结束后那种"可为知者道，难与俗人言"的"累"；二是为什么很多简单劳动可以边干其他事（比如听音乐或聊天）边同时进行，而最起码我还没有发现可以边听音乐边写文章的，原来皆因写作"需要用全副的生命去做"之故也。

民间社会对写作行为的误解实是"其来有自"。在中国，文人成为一种职业以及相应的版权及稿费制度的建立，较之西方过于滞后。有一个事实是，李白和杜甫若是靠写诗生活，最后就只好饿死拉倒。

李笠翁算是较早主张版权专利的中国文人，他有一短跋云：

> 不许他人翻梓，已经传札布告，诫之于初矣。倘然有
> 垄断之豪，或照式刊行，或增减一二，或稍变其形，即以
> 他人之功冒为己有，食其利而抹煞其名者，此即中山狼之
> 流亚也……我耕彼食，情何以堪，誓当决一死战。

更有名的是板桥先生自刻诗序：

> 如有托名翻版，将平日无聊应酬之作，改窜阑入，吾
> 必为厉鬼以击其脑。

有清一代是版权意识萌芽的时期，然不管是清初的李渔还是清中的
郑燮皆只能出以恶语，甚或祷之冥冥，无法条可以援据故也。

晚清以迄民国，是中国版权和稿费制度由草创渐至成熟与完备
的时期。现代作家中相当一部分是当时的自由写作者，他们的生存
本身有赖于版权和稿费制度的支持。鲁迅最后五年版税和稿费收入
是唯一生活来源，然依然维持了较高的生活水准。我们不该忘记，
鲁迅是拿着上海滩最高的稿酬写着那些为"正人君子之流所深恶痛
疾"的激荡民族心魂的文字的。然而到了1957年，刘绍棠因为说了
句"如果能有三万元的存款当后盾，利息够吃饭穿衣的，心就能踏
实下来，有条件去长期深入生活了"，竟被批判为"为三万元奋斗"
的"堕落作家"；"文革"初期，"资产阶级反动学术权威"陈寅恪、
"黑帮作家"杨沫、巴金等的"罪名"之一便是"收受巨额稿酬"。
1966年6月起，各出版单位自动取消稿酬。整个"文革"期间包括

"文革"结束后一段时间，稿酬制度实际上被废止。

改革开放以来，版权、稿酬制度逐步恢复，但也许是由于历史惯性的作用吧，一直维持着极低的稿酬标准。"低稿费"在中国确是个问题，但这个问题显然不可能在现有体制内通过国家（政府）出面提高稿费标准得到解决，本文的宗旨亦非在此。

1949年以后，文人和艺人统统成为国家的"文艺工作者"。至今为止，中国的写作人群固是蔚为壮观，然少说也有八成并非职业文人，这恐怕也是世所罕见的现象吧。

后　记

　　这是我的第二本书。自《爱是难的》在漓江付梓迄今已有五年。五年时间，不算太久，然已是两重天地矣。

　　这本书可视作我前期写作的一个句点。我将借此告别我的文人生涯，从此一意读书、沉淀、问学。我本悲观，五十之年，心态更是大异于前。身体偶有风吹草动，便会想到"余日恐无多"上去。此种心态，或要被讥为杞忧，然思想里常存这"惘惘的威胁"我想也是好的吧。我决意要写一本书，一本扎扎实实的，不同于《爱是难的》，亦不同于这本《让人性明亮丰盈》的书。考核、职称诸项，予夺由人，不全由己，甚或全不由己，故非所介怀；唯天生我才，必有所期，非这样一本书，不能对自己有所交代耳。

　　本书得以顺利付梓，首先要感谢江苏省"十三五"重点建设学科宿迁学院中国语言文学学科建设项目提供经费资助。吉益民博士、晁成林博士皆为学人，却不以我之文人身份而相轻，不以文章体式而见拒，促成本书列入重点学科建设出版计划。集中所有文章多已在国内媒体先行发表，谨此谢过长期垂青拙文的《羊城晚报》胡文辉先生，《齐鲁晚报》孔昕先生，《今晚报》彭博先生，《语文报》

崔俊虎先生，《书屋》杂志胡长明先生、周瞰先生，《清风》杂志化定兴先生等。余不一一。

凤凰出版传媒集团石志春先生是我多年前的学生。若非他劳心费力，多方奔走，且为书稿指陈缺失，精心设计，本书不可能那么快顺利面世，也不可能有现在这番模样。对他付出的智慧与辛劳我唯有感激。

我的妻子孙红梅女士与我携手十八年矣。十八年携手共艰危，辛酸苦痛备尝。若非她事实上的容忍、宽宥与支持，我连现在这点可怜的成绩也不会有。

写这篇"后记"的时候，我正在读朋霍费尔的《狱中书简》。二十年前，朋霍费尔一句"上帝拯救我们，不是靠他的强力，而是靠他的软弱和受难"，犹如一道闪电，划破思想的夜空，直接引发了我内心的思想风暴；这本书则让我相信，这个世界上确有伟大的灵魂。他们那么热情，又那么宁静；那么勇敢，又那么柔软。年来，我正深陷生活与精神的双重危机，苦苦挣扎，无力自救；但最起码，在面对朋霍费尔的那一刻，我的内心是明亮而丰盈的。

是为后记。

丁　辉

庚子仲冬于古黄河畔寸步斋

图书在版编目（CIP）数据

让人性明亮丰盈／丁辉著. － － 北京：中国文史出
版社，2021.7

（跨度新美文书系）

ISBN 978 － 7 － 5205 － 2906 － 8

Ⅰ. ①让… Ⅱ. ①丁… Ⅲ. ①随笔 － 作品集 － 中国 －
当代 Ⅳ. ①I267.1

中国版本图书馆 CIP 数据核字（2021）第 060993 号

责任编辑：薛媛媛

出版发行：**中国文史出版社**

社　　址：北京市海淀区西八里庄路 69 号院　邮编：100142

电　　话：010 － 81136606　81136602　81136603（发行部）

传　　真：010 － 81136655

印　　装：廊坊市海涛印刷有限公司

经　　销：全国新华书店

开　　本：720 × 1020　1/16

印　　张：18.25　　字数：200 千字

版　　次：2021 年 7 月第 1 版

印　　次：2021 年 7 月第 1 次印刷

定　　价：63.80 元